警徽在战“疫”中闪耀

——全国公安机关抗击疫情主题诗歌散文精选

公安部新闻宣传局
全国公安文联 编

群众出版社
·北京·

图书在版编目（CIP）数据

警徽在战“疫”中闪耀：全国公安机关抗击疫情主题诗歌散文精选 / 公安部新闻宣传局，全国公安文联编. —北京：群众出版社，2020. 4

ISBN 978 - 7 - 5014 - 6103 - 5

Ⅰ. ①警…　Ⅱ. ①公…②全…　Ⅲ. ①诗集—中国—当代②散文集—中国—当代　Ⅳ. ①I217. 1

中国版本图书馆 CIP 数据核字（2020）第 050313 号

警徽在战“疫”中闪耀

——全国公安机关抗击疫情主题诗歌散文精选

公安部新闻宣传局　全国公安文联　编

出版发行：群众出版社
地　　址：北京市丰台区方庄芳星园三区 15 号楼
邮政编码：100078
经　　销：新华书店
印　　刷：天津盛辉印刷有限公司

版　　次：2020 年 4 月第 1 版
印　　次：2020 年 4 月第 1 次
印　　张：19. 5
开　　本：787 毫米 ×1092 毫米　1/16
字　　数：313 千字

书　　号：ISBN 978 - 7 - 5014 - 6103 - 5
定　　价：65. 00 元

网　　址：www. qzcbs. com
电子邮箱：qzcbs@ sohu. com

营销中心电话：010 - 83903254
读者服务部电话（门市）：010 - 83903257
警官读者俱乐部电话（网购、邮购）：010 - 83903253
综合分社电话：010 - 83901870

出版说明

新型冠状病毒肺炎疫情暴发以来，全国公安机关坚决贯彻习近平总书记关于抗击疫情的重要指示和重要讲话精神，认真落实党中央和公安部党委的工作部署，涌现出了大量感人事迹和先进典型。为了鼓舞士气、凝聚力量，公安部新闻宣传局联合全国公安文联、人民公安报社和中国人民公安出版社于2月初共同组织了“抗击疫情·警徽闪耀”主题文艺作品征集展示活动。征集活动收到来自全国各级公安机关报送的500余篇诗歌、散文。经评审，精选出其中的57首诗歌和33篇散文，结集为本书。

本书出版之际，恰逢由公安部新闻宣传局和全国公安文联共同主办的“致敬·缅怀·前行”2020年全国公安系统清明主题诗会在全网播出，本书中的《致前行者》《远去的那片草原》等作品在诗会中被深情朗诵，读者可以通过扫描文章后的二维码观看精彩视频。

群众出版社
2020年5月

目　录

诗歌

散 文

中国画《疫情在前警察不退》（97cm × 90cm）

作者简介

李冬，现为中国美术家协会理事，全国公安文联副主席，全国公安文联美术家协会主席。

中国画《“疫”然坚守》（180cm×98cm）

作者简介

王燕，全国公安文联美协会员，全国铁路公安书画协会会员，现就职于昆明铁路公安局昆明公安处。

诗　歌

致前行者

文／朱海

如果时轮如常　春光在冰消中破土　雪融中降临
你的脚步会在哪里踏青——
是湖畔　是山岗　还是门前可爱萌动的绿荫
如果生活如常　朝九晚五的定律　超负荷的运行
你的思绪会在哪里留停——
是满足　是焦虑　还是磨合后的一次次顺应
如果……这一切突然陡转
生活的时钟戛然而停
你的思绪还能不能在停摆中独自生根？
你的脚步还会不会在泥泞中跋涉前行？

终于　你给了我答案——公元二零二零
一场决战生死的全球疫情　映出中国蓝色的身影
当万家灯火在你眼前一夜黯淡　关闭窗门
当繁华的都市在你身后决绝围城　披甲上阵
我看见你站立的地方　就是阻击病毒风暴的中心
你和白衣天使一样　以冲锋陷阵的背影
制止混乱　击溃恐惧　告诉人们 ——
我与希望同在　逆行就是前行！

你指挥的红绿灯闪烁从未有过的冷清
你管辖的社区不见老人笑语　孩子欢声
你服务的警务窗口开始无人光临
你守候的110热线也不再出警频频
可你依旧坚守岗位二十四小时执勤
你深知　城乡可以按下“暂停键”　生活却无法暂停
你与病毒战斗　以各个击破的方式
走街串巷　守望相助　告诉社会——
我与生命同在　陪伴就是前行！

你比平时多了一个口罩　多了无声的冷峻
你比平时多了一些琐碎　多了无言的感动
当人们在漫长的等待中　感受时间的枯燥和沉重
随时可能的发生都连着你——执掌安全的阀门
没有人能够计算出你为此付出多大的担承
中华民族由上亿个家庭组成——
而你　就是游弋在每个家门口的忠诚哨兵
严冬不惧　风雪不停　告诉祖国——
我与使命同在　负重就是前行！

从来没有从天而降的英雄　只有挺身而出的凡人
在这场伟大的人民战争中　中华儿女终于跨过生命的严冬
在柳绿花红的新春　你的脚步是那样的轻盈而又欢欣
迈出了一座城市阔达的深情　烙印下一个国家无尽的感恩
当一批又一批白衣天使踏上回家的路程
你用最崇高的礼仪　致敬他们——平民英雄　抗疫先锋
你至尊的敬礼让英雄潸然泪下
你盛大的仪仗让凯旋倍感神圣
一个伟大复兴的国度必定与荣誉绽放　文明同行
山河无恙　警徽闪耀　告诉世界——
我与新时代同行　护卫先导就是前行！

啊　朋友　如果时轮如常
春光在冰消中破土　雪融中降临

你的脚步会在哪里踏青——
是否还会记得曾经过去的一个冬天
那一个个前行的藏蓝身影
在你生活中划出的一道道独特风景
啊　朋友　如果生活如常
朝九晚五的定律　超负荷的运行
你的思绪会在哪里留停——
是否会常常想起那些特殊的日子里
那一颗颗前行的闪耀警徽
为你的世界照亮爱的夜晚　平安的黎明

【作者简介】朱海，著名诗人、词作家、策划人，多次担任央视春晚策划、撰稿人。

（扫一扫，看精彩视频）

远去的那片草原

——致牺牲在抗“疫”一线的全国公安系统二级英模何建华

文／杨锦

你走的那一天
家乡落着漫天的雪
茫茫无际的草原
因一场突如其来肆虐的疫情
绵延着不尽的伤悲………
二十六年的风霜雨雪
共和国警察的荣光呵
早已铸进你生命的每一滴热血……

你是草原的儿子
你以小草一样的卑微
默默坚守在守护平安的卡点
你的背后
是草原的辽远与浩荡
你恪尽职守
就像守望高耸的阿尔山下的故乡……

疫情面前
你总是会说
让我上

我是共产党员
让我上吧
我是人民警察
家中没有负担与牵挂

可你却从不提起
你已年过半百
家有妻儿、母亲也年迈
甚至你曾遭遇过严重的车祸……

可这是一场没有硝烟的战争
有战争就会有牺牲
就会有千千万万的人冲锋陷阵

这是一场生命的接力
让生命创造生命
这一场威胁人类健康与生死的硬仗
我们必须打赢……

在空寂的机场
在长长的站台
有多少白衣战士已赴汤蹈火
向着疫区前进
星光下集结成守护生命的方阵

又有多少人民警察、社区干部设卡布控
阻隔传播的疾病
风雪中日夜坚守
为了每一座城市的安宁

这一天
你终于倒下了
这一去就没有归期

过年了
你却倒在年的门槛

风雪中的检查站
匆匆的人群里
怎么再也看不见你
看不见那身熟悉的藏蓝……

你走了
牺牲在抗击疫情的一线
我们再也没说一句话
再也没说一句话……

你走了
永远地留下了背影
如故乡熟悉的山川……
你的血脉与远去的河流同在

你永远地走了，以你名字命名的突击队
还在查控上岗
举国抗击疫情的战斗
还没有打扫战场
在你出发的路上，还有厚厚的积雪
还有泥泞
还有坎坷
可你的战友
你的乡亲
依旧用抗击疫情必胜的信念
在迎接、在呼唤、在等待胜利和希望的春天

【作者简介】杨锦，公安部新闻宣传局党委副书记、巡视员、副局长，全国公安文联副主席。

（扫一扫，看精彩视频）

答　卷

文／李国强

总书记说
生命重于泰山
疫情就是命令
防控就是责任

面对突如其来的疫情
面对命令和责任
人民警察，将会
作出怎样的回答
交出什么样的答卷

就让我们看看
一个个人民警察
用行动书写的答卷吧

一份份捺有指纹的请战书
铮铮誓言，跃然纸上
一个个热血男儿巾帼女英
不怕危险，奋勇向前

到一线去
到现场去
到最危险的地方去
到人民最需要的地方去
到最需要人民警察的地方去

不怕劳累，不怕困难
更不惧生死考验
用铁一般的责任担当
闪耀铁一般的理想信念

坚守坚守，还是坚守
坚守岗位，坚守阵地
坚守每一道防线

加班加班，还是加班
连轴转连轴转，还是连轴转
不曾叫苦，没有怨言
决不退缩，气壮志坚

不是人人都能成为英雄
但决不会有一个警察当逃兵
为了早日取得抗“疫”胜利
再苦再累也心甘情愿
再艰难再危险
也要不辱使命、勇挑重担

用金子般的热血忠诚
闪耀抗击疫情的警徽
唱响人民公安为人民的最强音
践行人民公安为人民的坚定诺言

这就是我们的答卷
这就是新时代公安铁军的答卷

我们，定把这次大考的答卷
填满忠诚、勇敢
填满真诚、温暖
写在祖国的大地上
写在抗“疫”的第一线
写在巡查的道路上
写在防控的社区里
写在老百姓的心坎上
写在老百姓赞许的目光中

交出一份
让人民、让阅卷人满意的答卷
交出一份
让我们自己
也感到骄傲感到自豪的答卷

【作者简介】李国强，中国人民公安出版社副总编辑，二级警监，编审。中国作家协会会员，全国公安文联常务理事。

（扫一扫，看精彩视频）

警徽在战“疫”中闪耀

——写给战“疫”前线的战友们

文/艾明波

此刻，就在此刻
千千万万的人在急切焦灼
此刻，就在此刻
许许多多的人在奋战拼搏
一场突如其来的疫情
把正在回来的春风猛然拦截
大树小草、高山大河
都在等待一场复苏的蓬勃
可春天却偏偏被绊倒在家的门口
被绊倒在那个寒冷的暗夜

一切的一切，都猝不及防
就连本该温暖的风，都是这般凛冽
病魔，在大地上狂奔
人们，在奋力地阻隔
这样，这场“阻击”就变得异常神圣
这样，这场战“疫”就变得异常辽阔
在九百六十万平方公里的土地上
那没有硝烟的战斗正打响在每一个时刻、每一个角落

在这抗击疫情的队伍里
当然不能缺少那一身藏蓝、那一份执着
公安部一声令下
全国公安民警、辅警——
全警总动员，誓言震山河
警徽闪耀、警灯闪烁
一道道警戒线
竖起平安的屏障、构筑安全的场所
那一身百毒不侵的警服和一副副口罩
就是我们冲锋陷阵，最庄严的“警色”
人民警察，肩扛平安天下的神圣职责
无论是刀光剑影，何惧那寒风猎猎
哪里有危险，就在哪里战斗
哪里有灾情，就在哪里集合

我的战友啊
你就那样地义无反顾，走在了战“疫”的行列
祖国在召唤，生命在呼唤
你丝毫没有犹豫，更没有退却
为此，你准备了——勇敢和坚毅
更有那一腔热血
为此，你准备了——奉献和牺牲
更有那壮怀激烈
慷慨赴国难，大爱写长歌
不管是千难万险
哪怕是生死抉择
你都会——
为了人民的利益挺身而出、赴汤蹈火

于是，我看到了——
你战斗在机场、码头、车站、地铁
绝不让丝毫的麻痹和潜在的灾祸
在你的眼前悄然滑过
你的神情，是那样的威严、坚决！

我也看到了——
你行走在山川、大漠、城镇、村落
你正艰难地查找那走失的病源和那躲避的线索
你的足迹——大街小巷、满山遍野！
我还看到了——
你在另一个战场披星戴月
你紧盯着网络，扼制那流言蜚语的泡沫
你的鼠标，锁定了别有用心的罪恶
我更看到了——
你在打击的前沿重拳出击、风驰电掣
严惩各类涉及疫情的违法犯罪
无论怎样的逃避闪躲
无论怎样的居心叵测
都会被你狂风般的横扫，让罪犯的企图一一破灭
社会稳定，才能保障这场决战的大获全胜
良好秩序，才能保证这场大战的全面告捷

然而，就在这场战“疫”中
我们有的战友已经染上了病毒
生命正受到严重威胁
还有二十多位战友牺牲在工作岗位
与病魔决战，直到生命的最后一刻
长天与大地记住了他们的英勇和壮烈
祖国与人民记住了他们的奉献和品格
战友们擦掉泪水
又重新走到战斗的行列
战友啊，在这特殊的时期
我虽然看不到你的表情
我却看到了你心如烈火
烧满天云霞，怀一腔炽热
抵挡病毒，把自己站成了一堵墙、一座山
一派气势恢弘的巍峨

疫情不退，我们不退
人民警察，壮志喷薄
迎战艰难，踏破坎坷
人民公安，走在前列
光荣的公安铁军
要用磅礴的力量抵挡病魔的肆虐
奋斗的公安铁军
要用壮美的生命谱写大爱的长歌

【作者简介】艾明波，黑龙江省公安厅政治部副主任。中国作家协会会员，全国公安文联副主席。

（扫一扫，听有声朗诵）

铁警应该是铁做的

——致在战“疫”中牺牲的铁警刘大庆

文/田湘

铁警只是姓铁，当然不是铁做的
他的肉身与常人没有两样
可刘大庆偏不服，非要把自己当作铁
把身体里的铁元素一点点挤出来，用火来淬炼
于是，他有了铁的意志，铁的品格
有了三十七年的坚守与执着，忠诚与奉献
他锻造出铁的脚板，不管严寒酷暑、雪雨风霜
坚持在两根铁轨旁行走，看着列车驶向远方
锻造出铁拳，向罪恶发出致命一击，护卫旅客平安
可有时他也愧疚，竟锻造出铁石心肠
大年初一不回家，把九旬老母交给妻子照看
女儿出嫁也不安排一桌答谢宴
他把愧疚也锻造成铁，终于，他有了
更高的使命和担当，当新型冠状病毒肆意蔓延
他毅然决然，请缨出征，直至献出生命

很久了，他始终把自己当作铁
我们也以为他变成了铁，直到他倒下、牺牲
才又发现，他不是铁，而是平凡的肉身
可这肉身所迸发的力量却比铁还硬
他倒下了，可我分明看见，在他走过的地方
站立起更多的钢铁般的铁警身影

【作者简介】田湘，南宁铁路公安局政治部主任。中国作家协会会员，广西作家协会副主席、诗歌委员会主任，中国铁路作家协会副主席，全国公安文联诗歌分会副主席兼秘书长。

（扫一扫，听有声朗诵）

等你在春暖花开

——致敬在抗“疫”一线倒下的勇士们

文/袁瑰秋

你在冬天离开
只为大地　留一片洁白
说好了　在一起
说好了　春归来
你说　是亲人就不会分开
我的天使　我的心爱
回来　回来
我等你　在春暖花开

你在春天倒下
只为天空　留一抹深蓝
民有苦　向前冲
国有难　冲向前
你说　是警察就必须承担
我的战友　我的心爱
回来　回来
我等你　在春暖花开

你将长夜心里藏
我用泪水为你照亮
说好不放弃就能等到天亮
这是我们的信仰
越是寒冬风雪狂
越能看见你不可阻挡的光芒

【作者简介】袁瑰秋，笔名桂子，现任职于广东省公安厅政治部。中国作家协会会员，全国公安文联理事，全国公安作协诗歌分会副主席兼秘书长。

（扫一扫，看精彩视频）

另一种雪

——谨以此诗致敬牺牲在抗“疫”一线的公安英雄

文/苏雨景

“常思奋不顾身，而殉国家之急。”当几十名战友在疫情防控阻击战中先后牺牲的消息传来，我不禁一次次含泪发问：在璀璨的星河里，你是哪一颗？在漫天的飞雪中，你是哪一朵？……

——题记

又是一场好雪
此刻，我正站在窗前
从这场沸沸扬扬的飘落中
细细辨别着他们

那片舒缓的是李弦，还是王志伟？
那片轻盈的是乔锦仁，还是段玉华？
而那片迅疾的是王春天，还是位洪明？

在疫情笼罩的不安中
我竟然，竟然与那么多的雪花
成了不期而遇的好兄弟

他们陌生，又熟悉
风把他们一一送到我的面前
又把他们一一吹远

他们落在除夕之夜的灯笼上
明知里面有蜡烛的火舌

他们落在北风眷念的丛林间
明知腐叶之下藏着荆棘的刀阵

他们落在陡峭的山岩上
明知它紧邻莫测的深渊

可是，他们是雪啊，是雪
就必须怀揣奋不顾身的使命
就必须让大地因自己一片一片的缝补
而完整，而洁白

是雪，就必须以命相搏
从枯萎中夺回新蕾，从严寒中夺回温暖
就必须牢牢守护着大地
像众多的儿女守护着深爱的母亲

是雪，就必须用自己的微小
去铺开一条接天的大路
让那些勇士经由自己去抵达战场
让那些号角经由自己去迎接凯旋！

此刻，虽仍料峭
但我，却看到了寒冬已渐行渐远
而即将迎来春大的祖国
正指挥着一群圣洁的雪花，在飞

他们有的在填平沟渠
有的在抚慰新草

有的借月光的大理石磨刀
有的借西风的集结号铸剑

有的在敲打紧闭的门户
有的在摇醒沉睡的人心

有的在倒下
有的在站起

有的在接过来
有的在传下去

就如同一首乐曲
需要太多各尽其责的音符

一场浩大的雪事
需要太多奋不顾身的雪花!

作为风霜锻造的一部分
雪花有优于万物的冷静

他们不需要火焰般的颂歌
只希望一生都葆有六瓣之美

别说读不懂他们制造的单调风景
是因为，你没有像他们那样洁白过

在这个特殊的时节，他们是那么渴望风
把自己往大地的干涸处吹
往母亲的胸口上吹——

因为，对于旷野，他们就是甘霖
对于萧瑟，他们就是花开

对于黑夜，他们就是晨曦
对于未来，他们就是永恒！

【作者简介】 苏雨景，现供职于山东省济南市公安局。中国作家协会会员，全国公安文联理事，山东省作家协会签约作家。

（扫一扫，看精彩视频）

警察微信里的家书集锦

文/沈秋伟

一

亲爱的爸爸妈妈
过年我回不来了
一群病毒小妖
在中国大地上流窜作案
一些地方疫情蔓延
我们县城也有了敌情
今天开始，我上前线了
但敌人潜伏在看不见的地方
艰难的战斗才刚拉开序幕
希望你们春节不要外出走动
我担心你们路上遇到
歹毒的小妖
我们的家才是爱的城堡
你们就在城堡里等我的好消息
对了，前天我上台领奖了
全省一百个最美警察

个个都挺帅挺美的
主要是因为继承了
父母的优秀基因

二

亲爱的老公，不好意思
下午刚开完动员会
临时有任务
没想到疫情来势这么猛
你浪漫的烛光晚餐要泡汤了
单位的警力都派光了
我的岗位在集中收治点外围
刚好你曾经结对助学的小玲子
在这里当护士
她给我送来了水饺
还给我买了一束鲜花
上面有一张纸条，写道
哥哥姐姐新年快乐
这让我怎么办
我总不能捧一束花执勤吧
要不你来一趟医院
风里雨里，今晚我们一起来跨年
我想凭你那点出息
临时也找不到替代我的佳人
和你一起在烛光里
缥缈前世今生

三

亲爱的小弟，抱歉了
约你年初二吃大餐的事
肯定是要黄了
估计那时饭店也要暂时关门了
我们中国被一群妖孽捣蛋了

武汉那边的病毒逃出来一些
我不怪那边的兄弟
毕竟这妖怪实在小到无法看见
小到可钻过细菌过滤器
而且比当年的 SARS 狡猾了许多
守不住、看不牢也属正常
好在我们这里防控同盟军已组建完毕
小区的群众开始联防联控了
俗话说，群众的眼睛是雪亮的
他们个个都是孙悟空
只要是妖怪闪过
就逃不过他们的火眼金睛
扯远了，不好意思
等我凯旋，再约你吧
关键是，女同学别忘了一起带上
我是警察，我会看人识人
春花朵朵开
我一眼就知道哪一朵才是你的菜

四

亲爱的儿子，我干了一辈子警察
春节值班也不算什么稀奇事
这次可是我的最后一次
明年只能是群防群治的一员了
你妈走得早，我照顾你太少
以前过年把你往奶奶那里一放
欠你太多，心里有愧
今年好了，你有老婆了
爸爸也要退休了
赶上这个新型冠状病毒
到处乱窜，到处蜇人
搞得群众都挺紧张的
虽然我们不是医生，更不是神仙
但执勤的警察多几个

老百姓的年就过得踏实一些
今天夜里，外面雨有点大
但今晚食堂饭菜做得挺好的
所长还拿个可乐瓶敬了我
说当年跟着我当徒弟
学到了拼命三郎的勇气
学到了爱岗敬业的态度
我说打住吧，所长
你先省省，仔细构思构思
让内勤好好起草讲话稿
过几天我退休仪式上
请集中火力再表扬我一次

【作者简介】沈秋伟，现供职于浙江省公安厅。浙江省作家协会会员，全国公安文联诗歌分会副主席。

天山忠骨

——献给在抗“疫”中牺牲的新疆辅警苏莱曼·巴马丁

文／许敏

像一枚闪亮的永不生锈的
钉子，钉在高寒地带，钉在祖国
西北边陲。你的哨所——
阿克公安检查站
就钉在天山和昆仑山
两大山系的接合部；说是
天山的子民，其实并没有天高地阔
供你挥洒，你和你的小站
就钉在大山的皱褶里，钉在克州的
乌恰、阿克陶、喀什疏附三县交会之地
只有戈壁的落日和风沙
是你每天必读的书页
这个冬季，疫情比一场大雪
来得寒冷，来得猛烈，它们扑向荒漠
扑向高地，直抵一座雪山的心跳
你的检查站，是阻魔御邪的第一道关隘
一月二十二日前，你还在医院接受
胃病治疗；不顾劝阻，主动请缨
隐瞒病情，被医生称为

最不听医嘱的“犟”患者，是我读到的
最惊心的字眼，却是你
最朴素的选择。从车辆查控
到人员检查，再到疫情防控宣传
虽是副站长，却每件事亲力亲为
再精准，再精确
再精细；从责任到担当
再到忠诚！连续工作三十八个小时
将劳累和疲乏藏在坚毅的脸庞之下
铁打的筋骨也会崩塌呀
相隔万里，我能触摸到你额头的汗水
听到你口罩后粗重的喘息，双腿
麻木了，僵硬了，捶打捶打，再
继续奋战。一月二十五日十四时
你倒下的瞬间，大地猛地下沉
凛冽的风吹痛石头，吹起这个冬季
的寒冷，最噬心的寒冷！我知道
亲爱的战友，你正像一块天山
融化的冰离我们而去，却用忠骨
矗起一座丰碑，清洁
我们的精神，多么哀痛
现在，我有足够的春光
体验一整座天山对你的宏大赞美

【作者简介】许敏，现供职于安徽省合肥市公安局新闻中心。中国作家协会会员，全国公安文联诗歌分会副主席，安徽省诗歌学会副会长。

我用警徽的火把点燃寒夜

文/逯春生

魔鬼在人们欢乐的时候
爬上年的堤岸
礼花化作出征的号角
战鼓鸣响的时刻
誓言就是战士最忠诚的宝剑
道路满身伤痕
我用警徽的火把点燃寒夜
点燃屋檐下母亲守望的灯盏
点燃孩子泪光中的烛光
我用警徽的火把点燃江水
温暖的江水足以洗涮恐惧
我用单薄而坚强的身躯隔阻病毒
那高擎的手臂牵挂你
每一天静好的消息
黑土雪白
漫长的战场
有我深蓝的足迹就好
征程万里
闪耀的警徽

每一次的燃烧都会唤醒心底
炊烟的味道
我用警徽的火把点燃道路
告诉城市乡村每一个祥和的窗口
春天不远
每一棵树上的绿叶都闪烁着
我深爱的暖暖曙光

【作者简介】逯春生，现供职于黑龙江省绥化市公安局。全国公安文联诗歌分会副会长，全国公安文联首批签约作家，中国诗歌学会会员，中国散文学会会员，中华诗词学会会员，全国公安文联会员，黑龙江省作家协会会员。

（扫一扫，听有声朗诵）

我们在此

文/李晓重

我们在此扛一肩晨风暮雨，
你们在此披一身昼月繁星，
伸出去
是指向危难的双手，
接过来
是灿烂灼心的笑容。

送别你万里关山从容飞度，
留下我轻衣简装城市穿行，
放不下
是慈母依依不舍的线，
带走的
是游子长长离别的情。

我们在此就是一段城墙坚守，
你们在此就是暴雨中的屏障。
看见你
一路奔走甩开秀发的模样，
感受你
眼神中露出来的深情凝望。

你是我的坚韧我是你的刚强，
我是你的前沿你是我的后方，
你的屹立是我的荣耀，
我的微笑是你的辉煌。

我们在此支撑起各自的脊梁，
我们在此用信心温暖着对方，
我们在此为那份荣誉担当，
我们在此迎接春天的梦想。

【作者简介】李晓重，笔名晓重，现供职于北京铁路公安局天津公安处。中国作家协会会员，中国曲艺家协会会员，全国公安文联理事，公安曲艺家协会副主席，中国铁路文联理事，天津作家协会会员。

（扫一扫，看精彩视频）

问离人（组诗）

文/侯马

问离人

是警察总有牺牲
送战友却也平常
只是你大年初二
接到命令匆匆上勤
赶到车站设卡检查
嫂子问你一句话
今天咱家吃几顿饭
叫我们如何回答
叫我们如何回答

青　春

凌晨四点
北京的老同事
发来视频
是香港版的抗“疫”指南

关于口罩的部分
让我看得直揪心
因为从阻击战开始
我就没有丢弃过一个口罩
几个口罩轮流戴
就像我的青春岁月
不洗衣服
脏衣服放几天
再穿时宛如新装

口　罩

老父亲老母亲
年事已高
万万不可染上“新冠肺炎”
到了正月十三
我给他们打了
春节以来的第一个语音
问爸爸是否
还有口罩
他说还有
你弟弟春节前去日本
带回来不少
我想起微信上看到
一位日本奶奶
在商店只买了两个口罩
别人劝她多买些
她说应该
给中国人多留些
我的爸爸妈妈
就戴着这样的口罩

立　春

大疫当中
迎来立春
是日果然阳光灿烂
积雪下露出
半绿半枯的草坪
许多屋檐的冰溜子
含着水滴
这是内蒙古高原的景象
而在我晋南老家
大半个冬天
早上是天寒地冻
中午就冰雪消融
次日复如是
天寒地冻
冰雪消融
直到万物复苏
大地返青

泪水的力量

研究抗击疫情的材料
制定防疫的方案
注意到有确诊后
选择自杀的病人
注意到一位九十岁的母亲
给重症监护室的儿子
写纸条鼓励他忍一忍
并留下五百元钱
一下午不知不觉过去了
洗脸时发现镜片上的泪渍
真不知眼泪是怎么迸溅过去的

【作者简介】侯马，本名衡晓帆，内蒙古自治区公安厅厅长、党委书记。出版有《他手记》《侯马诗选》等诗集十多种。

致远行的战友

——谨以此诗向为国捐躯的公安英烈表达最深切的缅怀和崇高的敬意

文/马玉宝

（一）

和平年代，时时流血，日日牺牲
一万四千多个英灵
惊天地，泣鬼神，魂魄寰宇，正气浩荡
百废待兴时
你们锄奸剿匪，深挖敌特，服务百姓，呵护新生政权
社会主义建设中
你们高举正义之剑，维护秩序，打击犯罪，惩恶扬善，守护一方平安
改革开放时期
你们当先锋，冲在前，护航经济巨轮，促进社会大发展
新时代
你们守初心，担使命，信仰不变，忠诚依旧，意志更坚
抗洪抢险，抗震救灾，抗“疫”阻击
无论是公共突发事件，还是重大自然灾害

无论是重要时刻，还是危急关头
哪里有群众，哪里有危险，哪里有需要
哪里就有你们的身影，哪里就有你们冲锋在前

（二）

正是有了你们
神州大地五谷丰登，春华秋实，日新月异换新颜
正是有了你们
共和国安定祥和，国泰民安，繁荣昌盛，民族复兴谱新篇
你们舍生忘死，视死如归，赤胆忠心，前赴后继
你们用热血铸就了金色盾牌，用忠诚谱写了时代华章
你们是一面面高扬的旗帜，是一座座不朽的丰碑
你们虽死犹荣，精神永存
你们与江河汇流，与万物共生，与苍穹交响，与大地同在
你们是人民公安队伍的骄傲，是人民警察职业的荣光
你们的英名将永远镌刻在祖国的大地上
共和国不会忘记，人民不会忘记

（三）

此时此刻
多么想与远行的战友
牵牵手，拉拉呱，叙叙旧，倾诉衷肠，道声问候，送上珍重
此时此刻
多想与远行的战友共同分享

如今的共和国已站在了世界舞台的中央，“一带一路”正连接五洲四海，构建人类命运共同体理念已成为世界各国共识，“两个一百年”奋斗目标正在实现，中华民族伟大复兴中国梦已不再遥远

此时此刻
多想向远行的战友报告

面对突如其来的重大突发性公共卫生事件，人民领袖亲自指挥亲自部署，一场系关十四亿人民生命健康的抗击新冠病毒阻击战，在华夏神州打响

疫情就是命令，防控就是责任

保卫武汉，保卫湖北，保卫全中国

人民公安坚决响应党中央号召，举全警之力，全面投身抗疫之战

无论在防控前沿，还是在救治一线

无论是患者转运，还是维护社会治安

人民警察始终冲在前

六十多个日日夜夜，四十九名民警辅警血洒战疫疆场，奏响了人民公安为人民的英雄赞歌，书写了沉甸甸的合格的答卷

此时此刻

多想向远行的战友报告

对党忠诚的红色基因代代传，“总要求”已深入警心植根警队，听党指挥拥戴核心，早已化作人民警察的思想之魂、信仰之旗、行动之要

此时此刻

多想向远行的战友报告

新时代，人民公安已牢牢扛起捍卫政治安全、维护社会稳定、保障人民安宁的新职责新使命

此时此刻

多想与远行的战友一起誓言

新征程上，人民公安将按照“四个铁一般”标准，坚持政治建警、改革强警、科技兴警、从严治警，高举旗帜，不负重托，以奋发有为的精神状态护航新时代、建功新时代，为实现“两个一百年”宏伟蓝图，为实现中华民族伟大复兴的中国梦而努力奋斗！

【作者简介】马玉宝，公安部金盾影视文化中心副主任，二级警监，高级记者，长期从事公安宣传思想文化工作。

艾冬，你的世界不冷

文/胡伟

艾冬
我的亲弟弟
原谅我第一次
这样用力地称呼你
因为
在你走后的这些日子
我总梦见舅舅
那个举着炸药包炸碉堡的舅舅
我甚至听到他在大声地问你
“你是谁？你是谁？”
直到他喊着你的名字
紧紧地抱着你
叫你一声——我的外甥！

艾冬
我的亲弟弟
姐姐就你这么一个弟弟啊
你是那么的阳光
看到你好像就看到了世界
你是那么的英俊

天生就是块儿当警察的料儿
你是那么的真性情
有多少苦都不挂在嘴上
你不是什么官儿
可你把职责看得比什么都重
你没有三头六臂
半边儿身子都动不了了
还硬撑着处理完最后一个防疫警情……
就是死也要死得坚强
现在我还不愿相信
一个接电话打电话的活儿
一个在也是警察的姐姐眼里不叫事儿的活儿
竟会要了你的命

还记得吗，小冬
以前咱妈总爱唠叨一句话
“不能给你舅舅丢脸”
每次说完
她的眼里都会闪着光亮
这句话我们不知听了多少遍
也不知在心里默念了多少遍
从小到大
陪着我们成长
赋予我们力量
就像一棵树
把根深深地扎进土壤
就在昨天
妈还捧着你的照片
看啊看啊
看着看着就泣不成声
一边抹眼泪一边笑着说
“孩子，好孩子，妈为你骄傲！”
然后转身冲着窗外的夜空自语
“他舅，小冬没给你丢脸，他也是个英雄……”

艾冬
你就这样走了
才四十五岁啊
姐姐真舍不得你
其实最让我不甘心的是
这个冬天马上过去
春天就要来了
也许你再挺一阵儿
花就会开了
你的绿萝就能拿出去晒晒了
还有那三只猫
又能见到它们的主人
喵喵地叫着围着你
等着你去爱　去疼

想你，艾冬
我的亲弟弟
别忘了告诉舅舅
这里不冷
所有的心都像火一样
战“疫”就要胜利
天空正吹来
思念的风

【作者简介】胡伟，北京市公安局工会副主席，北京市警察协会秘书长，北京市公安文联副主席兼秘书长。中国音协会员，全国公安音协副主席，全国公安文联，北京市文联理事。

（扫一扫，看精彩视频）

春天里的第二十一次涅槃

——痛悼在战“疫”中牺牲的民警王春天并二十一位战友

文/代雁

那个叫春天的警官倒在了春天里，
从此，
明媚的春光再也与他无关。
搜肠刮肚，
只写出这文绉绉的两句，
可是，
这并不能缓解我的心痛。
三十二岁，
孩子十六个月，
父亲多病，
母亲瘫痪，
你告诉我，
接下来的日子，
可怎么过？
是的，
春天已经来了，
连同之前就已经倒下的战友，

这是这个春天里的，
第二十一次涅槃。

【作者简介】代雁，北京市公安局工会副主席，全国公安文联会员。曾获第四十九届“金马奖”最佳剧情片《神探亨特张》最佳编剧提名奖。

替我看一眼春天

文/王勇

二零二零年二月十九日，河南省郑州市公安局民警樊树锋在抗“疫”一线因过度劳累不幸牺牲。牺牲前他说，我走了，我把有用的器官全部捐献，让移植了我视网膜的人，替我看一眼春天。

“我走了，我把有用的器官全部捐献，让移植了我视网膜的人，替我看一眼春天”
战友　这是你最后一句话
这一句　足以令珠峰垂下头颅
令长江黄河放声痛哭

在这个顽固的严冬
我的笔不知忍住了多少泪水
可这一次
它声泪俱下　泪如泉涌

我也知道
用一首诗来表达对你的敬仰
显得多么地无力
一路走好的话语刚要出口
又咽在心中

我知道天堂没有病毒
另一个世界没有劳累
这些话语都柔弱了一些
都寄托不了一位远在川北的战友
此时此刻的悲伤

这个冬天　不同寻常
傲雪的梅花凋零成泥
远去的大雁没有飞回
猝不及防的国殇让冬天成了堰塞湖
看不见的硝烟吞噬了无数英雄

战友　这次战斗与往常不一样
看不见刀光剑影
看不见鲜血淋漓
你们站成一堵堵墙
你们选择在一个倒春寒的季节
用超强的劳累　超强的付出
以命相许

在这个严冬倒下的
还有几十位战友
我深信　你们在另一个地方
又会集结起来
保佑人间

战友　你的遗嘱已经实现
你的器官可以救三个人
你的视网膜让两个人重见光明
你一个人变成了五个
你一个人倒下让五个人站起

不　你一个人变成了无数人
你捐出的　不仅仅是器官

还有品格　还有精神
还有那颗忠贞不渝的心

我们的眼睛里都有你的视网膜
我们的血液里
都留下了你不畏牺牲的血质
我们继续前行是你在助推
胜利的凯旋必将留下
你铿锵有力的音符

战友　我们已经替你看见了春天
紧皱眉头的河水开始流淌
沉默无语的花骨朵竞相开放
严冬即将过去
严冬已经过去
阳光灿烂的日子将在这个春天
明媚成更加幸福更加快乐的诗行

战友　我们不仅替你
看见了春天
我们还看见了你变成了花朵
变成了星辰　变成了阳光
有你　这个春天才有春意
有你　这个春天才有春光

【作者简介】王勇，现供职于四川省广元市公安局。中国文艺评论家协会会员，全国公安文联签约作家。

（扫一扫，看精彩视频）

万里长空　且为忠魂舞

——献给在抗击疫情战斗中光荣牺牲的武汉市公安局民警吴涌

文/李培刚

总有星辰的殒落
照亮江城的夜空
总有花朵的绽放
燃烧漫长的冬天
以松的挺拔　竹的葱翠
描绘一个季节的生机
以战士的呐喊　战马的嘶鸣
唤醒　一座休眠的都市

拈一只迎春　惊动漫天的云霞
研一池东湖水墨　绣你的名字
在樱花落尽
吴涌　我的战友　我的兄弟

当汉阳树上　鸟语花香
晴川历历　往事也历历
当鹦鹉洲头　莺飞草长
芳草萋萋　幽思也萋萋

那是怎样的一场战斗呵
没有硝烟　却狼烟四起
没有敌人　却杀机四伏
与死神赛跑
与病魔搏击
保卫武汉　保卫我中华民族

像以前的每一次集结　你总是首战必用
像以前的每一次冲锋　你总是火线上挺立
六十个日日夜夜
硚口是你的战场　利济是你的防区
社区是你的前沿阵地

作为拐杖　你搀扶衰老越过冬天
作为渡船　你摆渡步履蹒跚的春天　早日来临
作为冲过楚河汉界的士卒
你每一步　都是前进　前进
精准传递　温暖人心的力量
精准表达　一名党员的初心
精准刻划　一名警察的形象
但作为儿子　你没有时间
照顾不幸感染的母亲
作为丈夫　你没有间隙
与同样战斗在一线的妻子
多聊上几句
只到你　只到你　像一名熟睡的婴儿
回归母腹
像一粒种子　回归尘土
像一座山脉　横亘在　蓝天白云

五十一载芳华正茂
你以永恒的微笑　在军威大厦警务室的墙上　深情谢幕
二十四时花讯不断
你以悄然而悲壮的远行　在春分时节
把所有的思念平分

一半阳乾　一半阴坤
把所有的日子平分
一半黄昏　一半黎明

一盆玫瑰在等　等你浇灌
一台电脑在等　等你开机
一本日志在等　等你续写
三十一年警察生涯的点点滴滴

说好的白头偕老
丢下妻子　凄风苦雨乱青丝
说好的并肩作战
丢下我们　刀光剑影对顽敌
说好的父孺同心
丢下儿子　乳臭未干撑家庭
告诉我　吴涌
我的战友　我的兄弟
哪一方青天有情　见过荒老
哪一轮明月无恨　见过长圆

春潮欲入户
雨势来已息
岁岁清明　今又清明
满树梨花向离人
一摞捷报问归期
孤帆远影的背景里　一抹浅笑
夕阳已在深处
高山流水的余韵里
一曲知音　古琴已绝弦
寂寞嫦娥抒广袖
万里长空　且为忠魂舞

（扫一扫，听有声朗诵！）

【作者简介】李培刚，现供职于湖北省公安厅政治部宣传处。

永不落幕的西陵侠

——致敬在战“疫”中牺牲的长江航运公安局
宜昌分局治安支队支队长尹祖川

文/木木

唐古拉山融川的雪，经日月星辰
从沱沱河席卷着边塞的风骨
越过湍急与险峻，一路澎湃于孤寂山川
将勇敢、力量以及一切与英雄相关的精神
注入长江航运守护者
沸腾的骨血里

这骨血与蓝盾铸就的金色警徽
在天险的长江中共赴慷慨
这骨血与尹祖川的名字
在西陵峡谷的奇观与安宁中共赴慷慨
这骨血与夷陵的腊梅
在一场中华腹地蔓延的“疫”战中共赴慷慨！

无法面对，牺牲，这个褒义的词汇
它让身边的战友，在穿江驰堤的寒夜清晨
再也看不到那个坚守的身影

它让疫情防控一线，在烟岫江河的生态守护中
再也寻不到那个敢闯敢拼的“莽子”
它让四十七岁的年龄，白发送别黑发的苦难
再一次降临……

降临的，不只是苦难
还有苦难中锻造出的西陵战士
我想称呼他们，西陵侠
他们侠义，为长江生态的正义
他们侠骨，为疫情在前我当先的傲骨
他们侠情，为一方百姓一方平安的古道真情！
尹祖川，是他们中，伫立不倒的一面旗帜！

祖川，今日你终于，停下了脚步
却还是任性的，毫无预兆
如同你不眠不休的在岗防“疫”的任性
让爱你的家人只有在此时
才能守在你的身旁絮叨絮叨家常
可你，依旧任性
不再醒来……

或许，祖川你只是换了件隐身衣
练就了盖世武功
以侠士的方式
披荆于宜昌江水
让夜晚也在你的佑护下
让光明与你随行
让安宁
在西陵峡永不落幕！

【作者简介】木木，本名任慧君，现供职于北京市公安局内保局。全国公安文联作家协会会员、诗歌分会副秘书长。

接下这一棒

——致全国公安系统二级英模程建阳

文/杨角

汝水无痕，洗耳河泛起清澈的春光
新世纪的帷幕在崆峒烟雨中徐徐拉开
岘山岭上，百花待放
一场没有硝烟的阻击战
已在大河上下，悄然打响
新型冠状病毒是我们共同的敌人
肺炎，是致命的内伤
兄弟，危难关头，您誓言铿锵
“警察就是战士
最好的归宿就是
倒在自己的战位上”
至今犹在我们耳畔回响

投身疫情阻击战，你放弃休假
五天四夜的值守，你处处
迎难而上
料峭的春寒，你不屑一顾
终因劳累过度，突发脑出血
倒在这特殊的战场上

出师未捷身先死，你不甘
你还有太多未曾实现的理想

兄弟，你的离开如此仓促，如此匆忙
甚至来不及再看一眼
故乡的土地
再看一眼孩子们清澈的眼眸
再看一眼父母白发苍苍的慈祥
再看一眼青山簇簇，春云浩荡
四十五载春秋定格了你的音容笑貌
镌刻在我们记忆的丰碑上

苦难兴邦！让我们接下你传递的这一棒
这一棒就是忠诚的品格，公仆的情怀
这一棒面对岗位、职责和牺牲
它又叫责无旁贷
接下这一棒，我们走向春天的深处
接下这一棒，我们拥有一个共同的名字
共和国——警察——程建阳！

【作者简介】杨元礼，笔名杨角，现供职于四川省宜宾市公安局警官训练中心，中国作家协会会员。

答　案

——献给在抗“疫”中牺牲的广东辅警曾文聪

文／邓醒群

你无声地倒下，我却听到巨大的响声
重重地撞击着我的心房。剧痛，在叠加
在叠加，叠加。我的泪在流，在流

辅警是什么？你用生命交出了答案
辅警也是警。自从穿上那身制服开始
你的生命就与藏蓝色紧密相连

难得回来一天，多休息一会儿，不用你送了
年初一，去广州的父亲心痛地拒绝了
你，送他去车站的要求。年初二

你穿身警服倒在派出所的地上睡着了
永远地睡着了。白发的父亲却痛到无法安睡
累了，累了，你真的累了。从春运
到抗击新型冠状病毒的战役打响，你脚步没有停下

二十六岁，花样的年华，
警徽的光芒给你人生增添了精彩

点亮理想灯
警营
锻造着你在危重险难面前不退却的意志

在这个春天，你在桥头用生命筑起了
抗击着新型冠状病毒蔓延的堡垒。在这个春天
你以辅警的身份，战士英姿
高举鲜红的战旗。在桥头，在桥头
迎接不一样的春天
到来

正月十五，阖家团圆
虽然你已不在我身边
但你的精神却始终照耀着我们
这一刻肩并肩
哪管山崩海啸
让信念聚成烈火
在心中燃烧
我们同心协力，共战疫情
相信美好的明天马上就要到来

【作者简介】邓醒群，现供职于广东省紫金县公安局。中国作家协会会员，全国公安文联签约作家。

警察与病毒（外四首）

文／穆蕾蕾

众人避之若浼，警察趋之若鹜。
似乎，病毒是个入库在逃的头号罪犯。
需倾举国之力，将之捕获归案。

一双双眼睛在黑夜大睁着，他们没有猫头鹰的习性，
却要比猫头鹰更敏锐。用不屈的意志才能在黑夜的迷雾中，
把软绵绵的劳累与疲倦，彻底驱散。

他们不是钢铁铸造的身躯，总得有勇士
能在决堤时，充当不要命的挡洪板。所以忠诚的信念
就变成了柔弱之躯的发力点。

被冻得瑟瑟发抖的他们
引领着走向平安。他们却身着寒意，用胸膛中晃动的温度
寻找着潜藏更深的危险。

没有人能说出，
会繁殖，无形影的亿万病毒到底藏在哪里
没有防护服的他们
却在精卫填海，却在愚公移山……

他们是平安中国的第一道防火墙。
是伤口划开时，用胸口堵住要害的血小板。

平安，此刻就像空气一样珍贵。
而他们是空气中的氧。一直在无偿供给着，
却也在，一天天被损减……

每个英雄，都是太阳的孩子

——致在战“疫”中牺牲的菏泽看守所所长张新忠

每一粒太阳的光子落下，都会收起
星辰的质地，乔装成最平凡的模样。
但忠诚，仍在暗处发出本有的暖芒。

你心中最美的样子，是太阳的姿态。
照高山也照深渊，照参天巨树也照卑微小草。
照富人的宫殿和穷人的窗棂，一样明亮。
你心中的样子，是面对囚犯平等对待，面对同事从不红脸。
你心中的样子，是面对工作尽心尽责，面对疫情全力奋战。
你心中的样子，是给身无分文的刑满释放者以帮助。
在寒冬中，用身躯，用人性之光替他引路。
你心中的样子，是给服刑者不到满月的女儿买奶粉喂奶。
在家属接见室中，用自己怀中的孩子唤起他潜藏的真善。

你心中的样子，不是想要长成高山，
是将自己的职责扛硬扛实，却意外让自己站成高山。
你心中的样子，是通过担当，将温暖与爱向外发散。
却在倒下时，让人们看见太阳之子……那彩色艳阳散落的尘埃。

每个英雄，都是心有太阳的太阳之子。
每个英雄，都是光子在人间的行走与蔓延。
每个英雄都似你，从不觉得自己光芒万丈，
而深藏于心间的能量，
却注定会将你托起，让你再次回升至太阳的位置……

每个英雄，都是太阳的孩子。
每个英雄，都是人间的太阳……

一念之明

一个上午，她都为被感染的医护人员
伤心。一个心不在焉的上午
切芹菜时将食指切破。切洋葱时
又将拇指切得鲜血直流。

她为这么多的牺牲，或许
还为唤不醒的沉睡担忧。她为日趋升温的地球
担忧。为走得太快的人类忘在路上
快晒干的灵魂担忧。她担忧人类吸取的唯一教训，
是从不吸取教训……这一句，
会一语成谶。

她写下自己的担忧。却被提醒点拨：
你和你眼中担忧的人类有何两样？都困在一念里。
除了当下，过去，未来皆在念头里，
也都与你无关。何谓无常？
翻遍瘟疫史，现在就是天堂，医护就是天使。
且史无前例，还是共产党最伟大！

这一觉知力的重击，突然让她豁然开朗。
原来，还可以这么觉醒于一念
并处处看见存在的美好。原来并不需去寻找希望
当下就是光明。原来只要内在清净
外在瞬间呈现不同……

一个罩着她的心念之梦被轰炸开来。
无须清洗，却已焕然一新。

和脚步在一起，和手指间的疼痛在一起
做每个此刻能做好的，摆脱妄想对于能量的不断截流。

或者，还可以去旁边的草坪上
喂喂总在觅食的鸟，和最近难以找到食物的流浪狗……

恐惧的划痕

说几句话的刹那，一轮
架在远处楼顶的太阳，就滑下西山。

路上几个低头回家的人，没了
孩子笑声的花园，没了车声嘈杂的转盘，
没了拥挤与堵塞的街道。
此刻恐惧的划痕，依然无形又空旷。

那些游走的病毒，正像一个个无家可归的孩子。
寻找不到新的宿主，它们用恐惧拍打着爱的门。

人在外面敲门，病毒在里面敲门。
相互走错的家，相互受伤，一样在乞爱的心。

我不知道，用什么样的手语，
可以安慰惊慌失措的孩子。那些被病毒吓坏的孩子
和披着花冠四处逃散的孩子。我不知道

什么样的桥梁，可以让一颗心走向另一颗心。
亦不知道，如何剔除爱中的恨
可以让人间的爱都像太阳，没有分别，没有拣择。

当光线被云朵一条条抽走，当灯光如一盏盏春花落下。
漆黑的大地贴心地搁置在一切生灵身下。
它用坚实的胸膛托起全部存在，是抵达万物心灵最原始的母语。

在灾难面前

在灾难面前，我不想讴歌
怕一讴歌，就转移了最初灾难形成的病灶点。

在灾难面前，我想做个精神的
治疗师。把病灶划开，看哪些部分
在化脓发炎。我要像大夫，先得把脓血擦掉
再观察，什么在暗中引起这场病变。
并绝不妥协对毒瘤的切割，以免它卷土再来。

已经有人，为清理脓血走进去。
那些穿着白衣的天使，就像白细胞在受伤的体内进行杀菌；
已经有人，为清理污垢走进去。
那些昼夜工作的警察，就像红细胞在生病的城市运输营养；
十几亿人把自己关起来，为昔日关起动物而遭受的轮回
惭愧；有人被亏了工钱，得了九万只口罩
全都送给疫区。有人妻儿刚被杀害几乎要发疯
却在失去中重新学会馈赠爱。有人把自家蔬菜全都
送给武汉，却有人拿着赠送的蔬菜
贩卖。有人天天想添一把火，有人时时想浇一盆水……

这类似细胞之间的运作与反应，一直演绎在人间。
发生的都在说，这个地方不叫人间，
而是一个生命体。

这生命体内不仅包括人，还包括细菌病毒
包括动物，植物，大地上存在的一切。哪怕是不会说话的石头。
它们都需要赢得善待与敬重。

醒来，醒来，
这不是人的星球，这也是它们的星球。
人不是主人，那些无数的缄默者才更像主人。
人要多么谦卑，才能聆听到它们的容忍。
人要多么觉醒，才能羞愧于人类的无知。

醒来，醒来，
这场疫情的灾难，并不靠一阵奋不顾身的热情
就能全然驱退。病毒是大自然的送信者
拿到其中信息，而不是毁灭信使。
读得懂个中寓意，而不是在剧情中忘记主旨。
在对流中改正并提升自身，把疾病当作唤醒愚钝的契机
把瘟疫当作人类进化的助力剂……

你才看得见，一切伤口，都是阳光照进的地方。
你才看得见，疫情后面，可以是人类攀升的更高山峰。

而不是清理完战场，就此庆祝。
每一个脱壳的生命，都需要彻底地打破、粉碎
才能迎来自己又一轮的新生……

【作者简介】穆蕾蕾，现供职于陕西省西安市公安局。中国作家协会会员，全国公安文联散文分会副主席，全国公安文联签约作家。

他来自一个叫枞阳的地方

——悼念安徽省枞阳县公安局特（巡）警大队辅警胡锋

文/臧思佳

他来自一个叫枞阳的地方
一声集合的号声挑起枞川北岸
灌溉了矿藏深处生长的松叶柏身
生长成不足二十九圈的年轮，还没能
把四月的春天缝补，撕裂的
这道季节的缝隙里
露出警灯的光
还在乘着他的目光
把蜿蜒的路捋直

他出门前打了个电话给叫家的地方
盼着抱孙子的妈妈安排他上午见一个姑娘
那个姑娘还没见到她穿辅警服的模样
再晚一天也许就是他梦里的新娘
再晚一点他还能吃上家乡土地里
长出的一口新粮

他走后空旷了不只训练场一个地方
同事们遵守着训练场上跑十圈的约定

跑热了土地却跑不掉心里的凉
去年秋天你背下楼送上救护车的老人
还守在你打过的电话机旁
它为什么没有再响
今年夏天的牡丹花会开在
你走过的泡桐树旁
它们不再是戴口罩的模样

【作者简介】臧思佳，现供职于大连和尚岛出入境边检站。中国作家协会会员，北京音乐家协会会员。

我多想在春天把你喊回来

——写给在抗“疫”中牺牲的“泰山勇士”网警李弦

文/周孟杰

寒风吹过，泰山的青松依然扎根山崖、峭壁、深谷
寒风吹过，泰山的巨岩依然稳稳挺立山顶，昂首长空
此时还是冬天，雪花漫天飞舞，冷风寒彻心扉
此时还是冬天，一场抗击新型冠状病毒的阻击战还在持续中
可是李弦，我的警察兄弟
你却倒在抗击疫情的一线
多么年轻的生命啊，三十七岁风华正茂的年纪
多么让人痛惜的生命啊，人生美好的岁月才刚刚开始

李弦，我的警察兄弟
你的战友还在期盼你，一起去抓捕
像那场惊心动魄的“一·零四”持枪杀人案那样
你对穷凶极恶的嫌疑车辆紧追不放
没有你的高超驾驶技术，怎能迅速地把嫌疑人擒获
李弦，我的警察兄弟
你的战友还在等待你，一起研判数据
你是有一双火眼金睛的研判行家啊
上百万条数据，你抽丝剥茧，寻踪迷津，如此精细
你是一个胆大心细的猎人

隐秘在网络丛林里的犯罪
都在你的追踪下，无处遁形
李弦，我的警察兄弟
你的战友还在等你，一起南征北战
跨国去执行抓捕任务，越江去智擒嫌犯
有你的团队像一把利剑
你就是最锋利的刀尖

此刻有谁在世上某处哭，痛彻心扉地哭
在哭你
李弦，我的警察兄弟
我只恨我的诗文太轻，不能带上我更多心痛
与此时的雪一起漫天飞舞
我知道，你是多么留恋这美好的人间
像一滴热泪舍不得离开眼窝
这里有太多的亲人让你挂念
辖区的老婆婆、生病的父母
年幼的孩子、忙碌的妻子
你有愧对他们付出的太少，没来得及把心中滚烫的爱
一点一点交付
你是多么留恋这身藏蓝色的警服啊
你每次都在心中默念：一身警服是荣誉、是责任
更是把忠诚时刻埋在心间
你是多么热爱自己的工作啊
你看办公室的灯光还在为你闪烁，在为你照亮归来的路途

此时，冬天的寒冷还在漫山遍野
恶魔般的病毒还在人间肆虐
可泰山之巅的黎明，已有一轮蓬勃的朝阳升起
春天的繁花，就要带来一片灿烂的天地
李弦，我的警察兄弟
当我在这寒冬的夜晚巡逻、守卡、执勤、出警
我的心头就会想起你
如果你没有离开，你依然和我一样坚守人们梦境的安宁

此刻，有谁在世上某处走
带着无限眷恋在世上走
走向我

【作者简介】周孟杰，现供职于山东省淄博市公安局临淄分局。中国作家协会会员，全国公安文联签约作家，中诗网签约作家，淄博市诗歌学会副主席。

安静下来的你，不知归期

——痛悼全国公安二级英模，我的战友艾冬

文/木木

安静下来，我想听到花开的声音
安静下来，我想看到你回来的样子

花开的朝阳，你微笑，回答着世界
花落的夕阳，你微笑，走回了过去
回到，那个英雄伫立过的地方

英雄的路上，静默了你的岗位
英雄的海底，沉没了你不停摆的船舶
英雄的墓碑已有大树参天
而你，为何还要做碑文上镌刻的新绿

我不想，为你抒怀
抒怀你的平凡与伟大
我不想，为你慷慨
慷慨你英雄的前世与今生
我不忍，为你书写
书写挥手之间凝固的爱　我的眼泪在飞

你离开家门，不停歇地解答
却解答不了，母亲停不下的惦念
你关上电话，不间断地求索
却求索不到，再次醒来的路途

如今，你终于
安静下来
安静得如花朵上晶莹的露水
温润着你身边的每一个诉求的眼神
安静得像荒漠中的那一眼甘泉
为濒临绝望的路人，带来希望的春天

你终于，安静下来
安静得如一丝尘埃
茫落人间，不知归期

【作者简介】木木，本名任慧君，现供职于北京市公安局内保局。全国公安文联作家协会会员、诗歌分会副秘书长。

泰山脚下的守护者

——纪念在抗“疫”中牺牲的山东网警李弦

文/卢鑫婕

你是泰山脚下的守护者，紧挨巍峨
不知何时，一个隐身虚无、网络世界的战士
也将自己活成一座山的模样

与敌人交锋、决斗，那是战士的本能！
疫情来临，别人的战线是抢救病人
而你的战线，是抢救事实真相
攻破虚假的堡垒，斩断谣言的锁链
蛊惑人心的怪物从虚无中探出身来
高山耸立，怎容其踏出半步！

要赢得这场战斗，时间是关键！
前线战友需要集中火力，歼灭病毒
群众百姓需要驱走雾气，看到真实的道路！
为此，你几乎没有睡过一个整觉
即使头痛了三天，可你依然守在
电脑桌前，网络背后，与敌人战斗！

当你倒下，人们发现
一个肉胎凡身竟是如此脆弱
当你倒下，人们看到
一座大山的形象正巍然而立
你以山的担当，山的力量，山的大爱
告诉人们一座山应有的态度与风骨

我们仰慕巍峨的泰山，同时也仰慕你
一座忠魂傲骨垒砌而成的大山
屹立在齐鲁大地，屹立于世人心中
任物华更迭，山川巨变，唯英雄不朽！

【作者简介】卢鑫婕，现供职于南宁铁路公安局。广西作家协会会员，中国铁路作家协会会员，全国公安作家协会会员。

其实，你们就是勇士抑或英雄

——写给战斗在疫情防控前沿的公安民警

文/徐振江

当人们对这种新型冠状病毒心生恐惧
避之不及的时候
你们却义无反顾
用逆行的身影
将自己置于风险之中
并以卫士的姿态
化为一个个屏障
阻击着病毒的传播　蔓延
这个时候
其实
你们就是勇士
抑或英雄
只是你们却浑然不觉
这是勇士之行
英雄之举
甚至
你们总是坚定地认为
这是我们的职责
人民公安为人民

亲人啊
我们是公安民警

于是
你们不曾迟疑
走进交通卡口
走进检测点
走进乡村
走进社区
走进一个个
需要你们走进
驻守的岗位

至于
你们佩戴的
那薄薄的口罩
以及防护服　护目镜　手套
是否能绝对地为你们阻挡病毒
你们实在无暇去考证
这个时候
你们更在意的
甚至多么想
通过你们的忠诚值守
幻化成一座座高山
一只只利器
能够把肆虐的病毒
阻挡　再阻挡
把可恶的病毒
斩断　再斩断
而那闪耀的警徽
那醒目的警服蓝
总是能让惶恐的人们
把心稳了一些
又安了一些

你们同样
为人之父
为人之母
为人之丈夫
为人之妻子
同样也是父母心疼的孩子
待你们走出家门之时
你们分明看到了
家人那牵挂的眼神
感受到了他们的心
为你们疼了又疼
这是多么大的无奈啊
因为你们的名字
叫公安民警
危难之时
不容退缩　英勇向前
这是职业的操守
也是庄严的使命

那个在路口防疫检测点执勤的年轻民警
显然还是一个小伙儿
他在忙碌协助疫情防控检测的同时
手机的微信也收到了母亲
让他注意防护
为他担心的叮咛
而他飞快地给母亲的回复
却有些特别——
妈妈
过几天就立春啦

还真是的
过几天就是立春
小伙儿说出了
多么意味深长的一句

英勇的人们啊
让我们再来一次冲锋
坚强的人们啊
也让我们把期盼攒足——
瘟疫的阴霾终将散尽
春暖花开
又是一个风和日丽
又是一个春和景明

【作者简介】徐振江，现供职于内蒙古通辽市奈曼旗公安局。中国作家协会会员，中国少数民族作家学会会员，中国散文学会会员，全国公安文联会员，内蒙古作家协会会员。

（扫一扫，听有声朗诵）

当我写下警察这个词

——致疫情防控阵地的公安民警

文/王炜

当我写下警察这个词
这充满钢性的一个词时
仿佛看见战友们——
一群身穿藏蓝色警服的人拥有了
钢的气魄和骨骼
仿佛钢是他们身体里与生俱来的一种属性

当疫情来袭时
他们的钢似乎比往常更倔强与锋利
钢性守护——抗“疫”战斗的城防堤坝
钢性出击——正在摩拳着冲锋亮剑
钢性逆行——有风暴般疼痛与伤，甚至无法预料的牺牲
但他们始终钢性地选择与人民坚定地站在一起
伴随着大地的脉搏与呼吸
日升日落从不缺席

而他们的钢性又是多么的柔软啊！
在每一次低身背起群众的动作中
在每一声敦敦宣教的话语里

像春风中起伏的丝绸——
拂面的
暖意

当我写下警察这个词
这使命在肩的一个词时
仿佛看见了雷雨风云被隐藏在一本厚重的书里
在一个悠长的夜被人翻阅
他们的一点一撇一捺都是
用充满血肉的忠诚刻画每一笔都是那么——
惊心动魄，荡气回肠

而他们又是那么的渺小啊！
他们的脚步遍布了疫情防控的每一座城市
和乡村的角落
扎根、发芽直至平安开花
他们是支队、大队、中队、派出所……
这些光荣的集体中——
最小颗粒

他们站在哪里
哪里就是一支微缩的队伍和一份沉甸甸的
使命

【作者简介】王炜，现供职于安徽省安庆市公安局，全国公安文联会员，安庆市作家协会会员。

（扫一扫，听有声朗诵）

我把春天读给你听

——写给在战“疫”中牺牲的战友

文/艾明波　苏彤山

本来，我为这个春天准备了，
那已沉寂一冬的萌动。
就连花草树木都迫不及待地期盼着——
“一岁一枯荣”。
然而，一场风寒却狠狠地砸向了大地，
砸向了人们的心中。

猝不及防的疫情，
铺天盖地地袭来，把匆忙的脚步紧急叫停。
而你，却不能停止战斗，更不能停止冲锋，
一声令下，全国的公安民警，
冲在了抗击疫情的第一线，
一场特殊的阻击战，风起云涌。

这个战场，大，大到九百六十万平安公里，
这个战场，小，小到每个人、每个家庭。
于是，那大街小巷、乡镇社区，
抑或是喧嚣里、寂静中，
到处都有你巡逻的脚步、警惕的眼睛，
更有你有力的打击、暖心的叮咛。

你，在口罩的一场大雪里，
不惧寒冷，奋勇前行。
用誓言锻造誓言，
用使命践行使命。

这是一场必须打赢的全民战斗，
这是一场没有硝烟的人民战争。
冲锋陷阵，公安队伍英勇无畏，
舍生忘死，公安铁军大写光荣。

就在这光荣榜上，
我看到了，看到了一个个倒下的身影，
看到了一个个站起来的山峰。
就在这场战“疫”里，
我们已痛失了几十位战友，
他们战斗在疫情防控的最前线，
他们奋斗到自己生命的最后一分钟……

他，是一位战斗在春天里的民警，
他在迂回的春天里寻找春天，
他在泥泞的道路上扫清泥泞。
二十多个日夜的顽强坚守，
他把病魔挡在了眼前，
他把希望留给了群众。

他累了——
累得连战友都以为他只是想“眯一会儿”，
不忍心用哪怕是最轻的呼唤把他唤醒。
他累了——
累得顾不上照顾年迈多病的父母，
累得顾不上听听孩子那句“爸爸”的喊声，
他真的累了——
累得顾不上看看人们为他流下的泪水，
和泪水浸泡的惋惜与哀痛。

他，累倒在自己的季节里，
累倒在这不是隆冬的隆冬。
我的战友，我的弟兄，
你真的要用你的生命去换回春天吗？
而你这样的出发，我的心，疼！

与他一同去换回春天的
还有我的战友——
戴洪岩、李弦、郑勇、程建阳、尹祖川、刘大庆……
这一串串闪光的名字，照亮了茫茫的天宇，
照亮了辽阔的天空。

此刻，我们还来不及热泪奔涌，
此刻，来不及更深的哀伤悲痛，
因为，还有更紧张的战斗，
还有更激烈的冲锋。

我们，在春天里呼唤春天，
我们，在黎明中迎接黎明。
春天的豪情已种植在春天的大地，
春天的灯火正照亮着春天的征程。
我们会在抗击疫情的第一线，
接续奋斗，
用热血铸就人民警察永恒的忠诚。

一切终究归于美好，
一切终究归于平静，
一切终究安然无恙，
一切终究万物复生。
待到冰雪消融，
我再把春天的故事读给你听，
读奉献，读牺牲，读奋斗，读英勇，
读铁血丹心，读众志成城，
读硝烟散去的春天，
读春天里的每一次感动。

还有，读一树一树的花，
也读花中——
那平凡而伟大的姓名！

【作者简介】艾明波，黑龙江省公安厅政治部副主任。中国作家协会会员，全国公安文联副主席。

苏彤山，现供职于河北省衡水市公安局。

（扫一扫，看精彩视频）

家乡的土豆

文/杨锦

家乡是薯都，
家乡的土豆名扬天下，
家乡的土豆曾经和贫穷
连在一起，
儿时的记忆中，
家乡的土豆是过冬的蔬菜，
今天土豆，
明天还是土豆，
土豆烩菜、土豆莜面，
朴实的土豆，
仿佛和我的童年一起长大，
没有华丽的外表，
没有绿色的枝叶，
它只是憨厚地堆在墙角的土豆。

春种、秋收、冬储藏，
变着花样摆上餐桌，
后来，听说城里有了麦当劳的薯条，
才知道土豆也有了身价，

今年的土豆，
在冬储的地窖中，
像守护边陲的士兵，
等待着命令，
南下、南下。

武汉、武汉，
朴实无华的土豆，
不畏风寒，
像从不善言辞的乡亲，
在鼠年的塞北，
被装运上南下的列车，
一袋又一袋，
一车又一车，
一列又一列，
从敕勒川下飘雪的早晨，
向着疫区出发。
其实呀，
土豆就是土豆，
它默默无闻，
它朴实无华，
可我觉得
今年家乡的土豆，
却充满了伟大。

【作者简介】杨锦，公安部新闻宣传局党委副书记、巡视员、副局长，全国公安文联副主席。

你是我生命中永远的绽放

——一场穿越时空的亲情对话

文/苏雨景　夏凯

父亲

儿子，春天来了
咱家的小院儿里呀
你喜欢的玉兰花又开了
她们一朵一朵，朝着天空盛开
就像是一双双热情的小手，要把你从那里接回来

妻子

我的爱人，你真的回来过，在我的梦里
你先是蹑手蹑地脚地亲吻女儿熟睡的小脸儿
又耐心地为我拔除鬓角新生的白发
彼时彼刻，苍老的父亲在摇椅上打着盹儿
窗外的圆月映照着人间的静好

孩子

爸爸，我也梦见你了
梦见被你举在肩头去看春天，你兴冲冲地告诉我
白的是梨花，粉的是杏花，红的是桃花……
那时的我啊，也是一朵花
一朵开在你这棵大树上的无忧无虑的小花儿

警察

我的亲人，此刻，春风也吹进了我的国度
我们拥有着同一个春天，这算不算是一种特殊的团圆呢？
来，就像我每次执行任务归来，让我们以茶代酒
烹羊宰牛且为乐，会须一饮三百杯！

父亲

儿子，你知道吗？
无数次，我收起悲伤，清理你留下的一切
一遍一遍地擦拭，相框里你的微笑，橱窗里你的奖章
书架上被你的手指抚摸得发亮的吉他
我似乎又听到了你青春奔跑的声音

妻子

我甚至有些恍惚
常常把驾驶着警车呼啸而去的人当成你
把欢呼的赛场上戎装值勤的人当成你
我甚至会看到你满面春风穿行在街巷间
和那些可亲的居民、洁白的鸽子一一打着招呼

孩子

爸爸，这个春天，我们一起看过的那些花又开了
不过，我最喜欢的还是那些蓝色的鸢尾草
蓝色的勿忘我，因为天空的颜色是蓝色的
大海的颜色是蓝色的，爸爸的警服是蓝色的

警察

我很愧疚，不能陪着你慢慢变老
也不能陪着你渐渐长大，我这朵一路向东的浪花
只为你们留下了拍岸而去的声音
我这支忠诚铸造的离弦之箭
只为你们留下了破空而出的声音

父亲

不，儿子，你留下了很多
你为一个父亲留下了无法愈合的伤痛
也留下了无与伦比的荣耀
你为一个妻子留下了挥之不去的思念
也留下了博大深沉的爱
你为一个女儿留下了毅然决然的背影
也留下了引领她前行的人生坐标

妻子

你还留下了天清地明，留下了灯火安祥
留下了生命的意义，留下了人心的敬仰
这一切将会陪伴我，温暖我，支撑我
成为我，成为我们一起走过风雨的无穷力量

孩子

爸爸，你还留下了我
我身上流着你的血，等我长大了，一定要成为你
替你去值勤，替你去站岗
替你去做雄鹰，替你去飞翔！

警察

我欣慰，此生能够与爱同行
我骄傲，此命能够为国尽忠
我的亲人啊
当你在清晨时想我，就去看看巍峨的山峦
当你在子夜时想我，就去看看漫天的星光

父亲

是的，你就是巍峨的山峦

妻子

是的，你就是璀璨的星辰

父亲、妻子、孩子

你就是我们生命中永远的绽放！

【作者简介】苏雨景，现供职于山东省济南市公安局。中国作家协会会员，全国公安文联理事，山东省作家协会签约作家。

夏凯，现供职于湖北省武汉市公安局。湖北省作家协会第十一届签约作家，首届湖北百名文学人才。

（扫一扫，看精彩视频）

出征　出征

文/李培刚

这里天叫楚天
水叫长江
这里楼叫黄鹤
寺叫归元

当树叶被季节抽空
江畔退出流水的歌咏
阵阵朔风　铺开无边的凋零
好大一场雪
冻凝了春意　也冻凝了脚步

武汉危急　湖北危急
出征出征　疫情就是警情
逆行逆行　前方就是前线
风雨中走来　你藏蓝的身影
哨所设在最前沿
警力压到火线上
支部建在方舱里
领导并列战士中

十万张脸庞花也开
十万套藏蓝草也绿
十万腔血汗汇成海
十万阵空谷跫音　山也摇来地也动

当火山爆发的时候
只有石头　呈现另一种燃烧
当风暴眼形成的时候
自有汉警　一道铜墙铁壁
一级英模许奎　二级英模王群
普通民警邵玉春　普通辅警付雅琪
……
冲上去一百条省道　高速
驻进去六百家医院　门诊
沉下去一万个小区　社区
守住了武汉　就守住了湖北
守住了湖北　就守住了我
——中华民族

长江汉水　一线串珠
神农武当　两山朝天

最烈的不是一壶老酒
是大风起兮云飞扬的苍茫
是壮士一去
再无归途
短短的一个月里
四百多名民警辅警中毒感染
六位年轻的生命星殒长空
郑勇　尹祖川　王爱兰　饶云星　汪勇　吴涌
我的姊妹　我的警察兄弟

都说英雄无悔
月光竹影　你有过多少次徘徊
都说岁月静好

是你攀岩削峰　化解了峥嵘
都说盛世太平
是你以血肉之躯抵挡承受
一次又一次　刀枪剑戟的伤害

警营在此
秦砖汉瓦飞檐拱斗的大唐气象
方正里勾勒汉水楚天
守千里沃野也守云梦浩荡

警徽在此
铠甲神盾光烁日月　也烁一部煌煌青史
漫卷涛浪　也漫卷麦浪

警察在此
若有令令出即随赴疆场
若有战战如猛虎下山岗
书剑人生几番风雨经磨砺
爱憎情怀几度春秋写华章

天地间走来　你藏蓝的身影
每一个黎明　从鸟鸣中惊醒
山河无恙
每一个夜晚　从夕阳中降临
万家灯火
万家吉祥

【作者简介】李培刚，现供职于湖北省公安厅政治部宣传处。

（扫一扫，看精彩视频）

我们一直都在

——致战斗在抗“疫”一线的公安战友们

文／韩娟

当疫病突如其来地肆虐
城市被按下了暂停键
时间的流沙被病毒卡在了瓶颈
空无一人的街道
空无一车的马路
回响着我们巡逻的脚步声

别害怕
我们一直都在
闪烁的警灯永不熄灭
白天，我们与阳光同辉
黑夜，我们仍照亮天地
让法律和规则转动如常
让丑恶的灵魂无处遁形
让凝聚的力量痛击疫魔

别害怕
我们一直都在
白衣战士在最前沿拼刺刀

我们也绝不后退半步
在看不见的刀光剑影中
构筑起全民依赖的最后一道防线
为了守住平安和宁静
为了让您安安稳稳地守在家中
享受与家人共度的温馨

等到阴霾散去樱花盛开
我们给城市按下刷新键
再把煦暖的春风迎进来
把灿烂的阳光接回来
您就可以走出家门
挤进熙熙攘攘的人潮
到那时
我们还在

【作者简介】韩娟，现供职于广西壮族自治区桂林市公安局交警支队。

追光者

文/艾诺依

新型冠状病毒肺炎疫情噬虐大地
再一次把生命的主题
推上了挑战的境地，推上了
兵刃相见的擂台
城市的心律里
不能忘怀的感动
语言，已无法解读岁月里的
日日夜夜

这是一个战斗的季节
与病毒抗争，和时间赛跑
成为所有号角里
最本质、最辉煌的旗帜

这是一个生命的链接
让砖墙与砖墙之间
以声声高呼“等你回家”而
张开双手，隔空拥抱

用目光的犁
用无畏的心
用一枚口罩的防护网
用一只高过头颅的
宣誓的手，作出一种
庄严的回答，这是血的承诺

在嘱托的目光中，他们向着危险前进
奔赴一线的人
已把明天的阵地，当成今天的家
一位位战士倒下了
可他们的身上，依然穿着
冲锋在前的警服
依然紧攥着那只
扼向病毒的拳头

就在身边，我看见
在抗击疫情一线
有人通宵达旦，有人甘冒风险
有人殚精竭虑，有人再也没有回来

就在身边，我看见
除夕夜倒在值班岗位的湖北民警郑勇
匆匆赶往单位参加疫情防控会议再也未归的山东民警张新忠
还有两年退休却在疫情阻击战中提前离去的吉林民警刘大庆
牺牲十天后诞生了以他名字命名的抗击疫情突击队的内蒙古民警何建华

就在身边，我看见
成百上千封摁着红手印的“请战书”
表达同一个心声：
“哪里需要，我们就去哪里；
哪里危险，我们就去哪里”

就在身边，我看见
日夜鏖战的查缉防控现场
一名党员就是一面光辉旗帜
一支警队就是一道疫情阻击线
一处卡点就是一道生命防护线

就在身边，我看见
没有天生的英雄
为了保护人民群众
他们愿意并肩一线
用“血肉之躯”构筑起防控的“铜墙铁壁”

在这群身影里
更多的战士正在出发
奔走在祖国的山河之间
冬天总是关闭的窗户
一扇扇都打开了
将所有的阳光全部邀请

黯淡的屋角和蜷缩的角落
渐渐鲜活生动起来
这群“逆行者”只是平凡的
丈夫、妻子、父母、儿女
他们把所有的柔情和娇艳
一一抛撒在阳光的怀抱里

他们是抗击疫情阻击战的亮点
他们是百姓心中永不褪去的光热
他们是战“疫”中最美的“警”色
滔滔江河是生命的鼻息
沸腾海洋是奔流的血液

这是光荣而又神圣的时刻
敬礼！
战斗的勇士们

敬礼！
人民心目中铭记的英雄

起来，起来
那些被噪音污染的人啊
听一曲英雄赞歌
当每个人都发出一点光
就不用在黑暗中等待炬火

【作者简介】艾诺依，现供职于北京铁路公安局。中国作家协会会员，全国公安文联作家协会会员。

坚　守

文/符建

三年前，G20 峰会
你们三十几人伴着遥远的汽笛
在黄鹤楼前集结
深夜来到海滨之城台州，在天台
我们顶高温战酷暑
从一辆辆车到一个个人
并肩战斗，用两个月的时间
去筑就一座辉煌的城

三年后，当有贪婪的欲望
打开尘封的潘多拉魔盒
私放人类从未谋面的天敌
我看到长江水掩面呜咽
大武汉在病痛中呻吟
隔着九百多公里
我们又战斗在一起

没有沉闷的防护服
只有一个简易的口罩

无论是派出所民警街面巡逻
亦是高速出口检疫防控站点
我们皆身披藏蓝色的战衣
无畏生死，如驰骋沙场的骏马
征战在疫情防控第一线
在英雄的战场上书写
警徽神圣的使命和责任

三年前的那一个清晨
你们穿过城市零星灯火
匆匆离开，我送到了最后
在动车渐渐远去的背影中
我看到了温暖的曙光
射透黎明前的黑夜
我相信英雄的武汉
马上也会看到

【作者简介】符建，现供职于浙江省公安厅高速交警总队台州支队政工纪检室。浙江省台州市作家协会会员，台州市黄岩区作家协会会员。

悲悼河南汝州民警程建阳

文/蝈蝈

相比一位英雄的逝去
一首诗，太单薄了！
比一张简单的写满履历的纸
要轻薄得多。
庚子年正月伊始
每天都有生命消逝
人类的痛觉，已经无法承受
作为一个基层警察
我也几近麻木
泪水早已流干，心中结满伤疤
但在阅读消息的时候
所有伤疤都在瞬间崩裂！
流不出泪的时候，我的大脑，在流血
兄弟，这虚拟的鲜血
比起你来是多么虚假苍白！
你以标准的战士的姿态，向大地交出答卷
不屈的灵魂，还在抗击疫情的道路上
呐喊！

你心里肯定有太多不舍——
疫情还在肆虐
战友们还在奋力奔波
妻子还在盼着你回家，吃口热乎饭
两个幼童还在等着爸爸……
天堂里没有疫情
你一定在想，去往那里有什么用?!
人间，是每一位中国警察心中的家园
在这里，能找到公平正义
能找到温暖和谐
能找到春暖花开，能找到
无私大爱！可是，却找不到让一位英雄
起死回生的良药!
兄弟，该舍的，舍下吧
你也该把身体的弦柱松一下了
音乐静止，流水驻足
都只为让你崇高的灵魂
安静地，回家

【作者简介】郭海滨，笔名蝈蝈、苇芒，现供职于甘肃省成县公安局。中国作家协会会员。

你只是暂时离开了你的草原

——致殉职在抗“疫”防控一线的内蒙古民警何建华

文/青蓝格格

我没有见过你的真容
此刻，我只能选择
用这个世界上最深沉的语言为你画像
我想用悲壮的词语画出你的身躯
因为你的身躯属于你
躬耕了二十六年的钢铁般的警营
我想用庄重的词语
画出你的思想
你热爱祖国，热爱人民
你更热爱你坚守岗位时最喧嚣的
宁静——
我还想用凄凉的词语
画出你的思念
这缕，淡淡的思念应该属于
你的妻子
其实，你在离开这个世界之前
应该再送给她一束
草原上的
萨日朗

你这株疾风中的劲草啊
你离开了这个世界，就是带走了内蒙古
一片碧绿的草原……
你是穿着警服
离开这个世界的……
你用生命中的最后一分钟
承载了草的命运
从此以后，你带走的草原就被你染成了
与你警服颜色交相辉映的
另一种
蓝

你也是内蒙古草原上的
另一种蓝。你只是暂时离开了你的草原——

索德格朗说：
“这个世界比乌有还小。”
我将这句话视为一个真理
就像我将“你是英雄”视为一个真理一样

你就是一位
英雄——
一位懂得惩恶扬善的英雄
一位懂得万物皆美的英雄

英雄啊，英雄——
你的内蒙古
你的草原
你的警服蓝
你的信念
你

我都会用我的语言整整齐齐地绣在一面高高飘扬的

五星红旗之上——

【作者简介】青蓝格格，本名王晓艳，现供职于内蒙古自治区通辽市公安局科尔沁分局。中国作家协会会员，全国公安诗歌诗词学会理事，全国公安文联签约作家。

相信春天

——兼致战斗在抗击新型冠状病毒一线的韩继凯等八位战友

文/邓醒群

薄纸，红手印
滚烫的心
春雷震耳，路上不远处
春风浩荡

守护白天也守护黑夜
藏蓝的身影也是一种日月
光芒耀眼的多是凡人血肉
父母，孩子，柴米油盐
烟火社稷叠加肩上
一种与爱和另一种爱如何分割
放下筷子，放下儿女
战衣可逆风
生命在阵地

静候一条路
山岚风如刀，车影氤氲流水
泡面暖身，板蓝根、双黄连降火也驱邪
兄弟依偎。英雄，彼此珍重

他们年轻的模样，令人心疼
当目光不再彷徨
春天就在不远的地方

纸很薄，也很轻
文字很少，却很重
重到无法用数字来计量。这个春天
如果你读到了
八名警察用一种忠诚写下的请战书
有谁
不泪眼蒙眬。相信春天
就是相信未来
在未来某个春天的夜晚
用回忆阅读今天
依然很暖
很暖

【作者简介】邓醒群，现供职于广东省紫金县公安局。中国作家协会会员，全国公安文联签约作家。

我用一寸一寸的光阴爱你

文/艾明波

一座城，
连着一座城，
像河流，像血脉。
像身体里的每一个经络，
无论哪一处失守，
都会整体塌陷。

每天早晨的那一组组数字，
如同早年电影里的消息树，
一枝一叶，
都关乎性命。
甚至，一点点的声音，
也让我的汗毛，
草木皆兵。

此刻，我比往常更加爱你，
如同爱惜我的每一次呼吸。
我的目光，
测量不出这座城市的伤口，

只想用爱，
缝合你深不见底的叹息。

被口罩染白的日子，
勒紧的不止是神经，
还有嵌进血肉的疼。
你眼睛下的印痕，
是我心底上的泪痕。
我多想，
驱赶你因急急行走而黏附着的风烟，
让你，
穿过阴云的封锁，
从此，你的世界都是晴天！

我，
准备用一寸一寸的光阴爱你，
就像爱着眼前跳动的脉搏，
和一次次的起死回生。
或许，
牵挂也能抚平那曾经的一层一层的伤痛，
也好让那每分每秒，
都走得异常安静、安稳、安心，
因为：
爱，每长一寸，
悲伤，就矮一寸。

这个时候，
我拒绝一切的高深莫测，
只想在深情的世界里，
为你捧来一树的花开。

【作者简介】艾明波，黑龙江省公安厅政治部副主任。中国作家协会会员，全国公安文联副主席。

警察，不退

文/徐永强

在危险与病毒弥漫中，守护
那些不曾颠覆自由的自由的梦想
有包裹严密的口罩，有谨慎的出行
以及绷紧戒备的弦
在防范和应对中交会成一堵墙
还有溅起的流水，酒精喷洒的颗粒
飘散在空气里的气味正对抗着疫情

在这封闭的进程中，呼吸偶尔会变得
急促。煎熬的心情与身体
也许会发出疲惫而尖锐的颤音
选择了逆行，让警察的背影变得滚烫
蔚蓝的火苗，有着义无反顾的投身

让警徽闪动着坚韧与担当，警察，不退
踏上抗击疫情的征程
铺展开忠诚的意愿，像红的火
有着淬炼的光芒和激越的表达
触及并牵引着信念、理想，或者灵魂

激昂的波涛又将涌来
充注的热情终将沉积残余的浊浪
春风会修复世间的灾难
然后，在新鲜的空气中歌唱
融化沉静而安康的景象
春花与清香，会在铁骨铮铮的警营
刻上，那闪耀的，那神圣的光芒

【作者简介】徐永强，现供职于浙江省平阳县公安局。

每一个你都是英雄

文/齐振宇

黑夜，孤独了一座城，
街是冷的，
病毒在肆虐横行，很多人倒下。
我一路呼喊奔跑，
寻找希望和拯救城市的人。
天上是摇曳的星，
大地是越来越多的身影，迎着风雨前行。

黑夜，这突如其来的黑夜，
暂停了一座城，
遮住了每个人的呼吸和面孔。
我看不清前行队伍里你们的样子，
也不知道你们的姓名，
但我能看到，
你们的眼睛里，既含着泪，又闪烁着光明。
我看到三军舍生忘死逆向前行的誓言铮铮，
我看到厚重的防护服下汗水浸透的灯火通明。
我看到护目镜磨破的脸颊和飘落的长发，

我看到民警千家万户的叮咛和布满血丝的眼睛。
我看到快递小哥依然疾驰匆匆，
我看到保洁和环卫工人驱走尘埃送来洁净。
我看到生命是如此的珍贵和脆弱，
我看到一张张充满温情的强制休息令。
我看到前进的队伍里不断有人牺牲，
但所有的人仍然目光炯炯，坚定地前行。

黑夜，向死而生，点燃了一座城。
我听到一方有难，八方支援的风起云涌。
我听到捐助一百吨蔬菜的汶川龙竹村的村民说：汶川感恩，武汉雄起。
我听到一个牺牲的年仅二十六岁的辅警说：辅警也是警，我们和民警同生死、共进退。
我听到你说：留下来就留住一分希望，多一份力量。
我听到你说：英雄是为天地立心、为生民立命，挽狂澜于既倒，是钟南山院士那样大写的人。
我听到你说：英雄是拯救生命的白衣天使。
你只希望，化作守护天使和大地的一缕春风。

黑夜，隔离了一座城，却隔不断爱。
黑夜，可以遮住呼吸和面孔，
但遮不住希望和眼睛，
更遮不住人间的温暖和心中的光明。
面对这场惊心动魄、生死抉择的战争，
正是平日和我们走得最近给我们帮助最多，
却经常被我们忽略、忽视的最普通的你们，
这些最熟悉的陌生人，
平时静默，化身芸芸众生。
当危险来临，你们无惧生死，
在黑暗中负重前行。

我看到无数面鲜红的党旗向阳迎风，
我看到风雪里的警灯闪烁，伴你同行。
我看到人们走出病房露出了久违的笑容。

我看到更多的城，更多的众志成城，
把忠诚和爱镌刻在山水重重的一草一木，
镌刻在九百六十万平方公里的大地苍穹。
我看到有越来越多的人，
加入这巨大的光明之中。
点亮千家万户的灯，
温暖着一座又一座城。
我看到：一个英雄的城在浴火中崛起重生，
一个伟大的民族，正坚定地向着光明前行；
英雄，就在每个普通人的心中，
无悔自己，拼尽全力，
每一个投入这场全民皆兵战“疫”的你——都是英雄！

【作者简介】 齐振宇，现供职于公安部科技信息化局。

（扫一扫，听有声朗诵）

把背影留给最亲的人

文／郑建伟

除夕是年
它总是离你有些遥远甚至陌生
那是李家的烟火　张家的灯盏
赵所　马上退了　好好陪陪嫂子
警察更懂年　更懂你
那天　你盼儿子　孙子
等待一场团圆
疫情危急　立即封控
愿望被瞬间打断
我得回单位
你撂下句话就走
把背影留给最亲的人

疫区　雷区
此刻　红黄绿不是鲜花
一千米　十小时　五圈
五十九岁的你走了一万步
这组数字不是简单的时间和长短
党徽　警徽　警戒线

忙乱变成井然
警灯让黑暗多了一些年的温暖
老赵　我给你送点年夜饭
别来　吃过了
把背影留给最亲的人

三十　初一　初二　初八
不断叠加的日子
现场　现场　现场
不变的地点
记录着你陀螺一样的九天
他从没说过累
唯独这次说累得大胯疼
大伙儿都疼你敬你
也是警察的儿子
托付叔叔们帮忙照顾好老爸
腰弯了　前进不打弯
把背影留给最亲的人

警察并非百毒不侵
病毒张牙舞爪
九例疑似　一例确诊
黑色的数字近在咫尺
任谁都心惊胆战
群众看党员　党员看我
信念将魔鬼驱赶
红旗把红区变成蔚蓝
回来对于逆行而言是个奢侈的字眼
全部安全撤离是一场盛大的圆满
今晚的月亮最圆
把背影留给最亲的人

【作者简介】郑建伟，现供职于北京铁路公安局天津公安处。全国公安文联会员。

有一种光荣，叫人民警察

文/李微

二零二零，本就是应该载入史册的年份
这一年，是新世纪第三个十年的肇始之年
这一年，是十二生肖的又一个轮回之年
这一年，也是中国摆脱贫困
迈向全面小康的决胜之年
这一年，当所有中国人满怀憧憬

坐着新时代“中国号”列车奔向第一个百年奋斗目标时
一场突如其来的肺炎疫情席卷中华大地
给一年中最重要的节日蒙上浓重的阴影
一时间
工厂停工、车辆停运、商铺关门、道路封闭、人人自危
以往繁华热闹的街道人烟稀少、安静祥和的农村门可罗雀
闭门不出成为绝大多数中国人的选择
风驰电掣的“中国号”列车被迫减缓速度
就在这时
有一批逆行者迎难而上
高高举起的右手

匆匆请战的志愿
深深摁下的指印
是他们对党忠诚的宣言书

严密隔绝的小区
风雪交加的路口
灯火通明的所队
是他们服务人民的主战场

部署防控
执勤巡查
走村入户
藏蓝帽、红袖标、三色灯
是他们最耀眼的标志

从城市到农村
从江南到塞北
从月落到日出
黑夜中的坚守、严寒中的奔走、风雪中的伫立
是他们最美丽的身影

他们不是星星，却照亮了漆黑的夜空
他们不是勇士，却扛起了如山的责任
他们不是天使，却温暖了枯萎的生命

他们用爱心传递着一股股直入肺腑的暖流
他们用生命谱写着一曲曲可歌可泣的华章
他们把人民公安为人民的初心使命融入血脉灵魂
他们把捍卫国家安全、维护社会安定、保障人民安宁的铮铮誓言
传遍祖国山山水水

风雨过后，必见彩虹
严冬结束，必迎春天

若干年后，当我们回望这段艰难的岁月时
我们可以骄傲地说
有一种温暖叫感动
有一种境界叫坚守
有一种担当叫逆行
有一个光荣的名字，叫人民警察

【作者简介】 李徽，现供职于广西壮族自治区公安厅办公室。

（扫一扫，听有声朗诵）

英雄墙

文/熊游坤

我与你，隔着一道墙
不能递你一支烟
不能敬你一碗酒
你穿着藏蓝色战袍
奔跑在墙的那一边，
还能听见口罩后面
你粗重的喘息
这个春天，人间的病疫
封冻了无数条大江大河
空寂的街道，沉默的门窗
几声爆竹，难以消弭惶惶之心
丛林中的百灵鸟也丢了歌词
风雪中，山水无言

那么多的白衣天使
像一群群凤凰奔向火炉
那么多的蓝衣战士
穿过一道道生死门，义无反顾
你毅然接受命令
就像接住一道生死符

与战友们手挽手，肩并肩
穿过晨光与落日
死士一样奔跑在雾风疫雨中

你像威风凛凛的将军
心中的呐喊
只有一个声音，与武汉同在
你脑海里只有一个信念，用藏蓝
筑起一道挡魔驱邪的关隘
车站、街道、路口
宾馆、酒店、检查站
你的身影守护着城市健康的心跳

一夜间，烟花易冷
温暖的事物戛然而止
你倒下了，倒在了抗“疫”的战壕里
你的骨血与忠诚
慷慨献与了这场“疫”战
你用二十六圈缤纷的年轮
缩写一个战“疫”的故事
今天，我的眼泪开闸
英雄墙上，你依然那么淡定
清冷的雨滴，哭墙的泪水
冲洗着尘世的病疫与尘埃
山川异域，风月同天
你化作阳光，从窗外穿过
点亮万家灯火
你将所有的誓言
镌刻进警服上的徽章
你将所有的脚步
镶入清远的大地
用耕躬警营二十六年的肖像
唤醒人间的春光

【作者简介】熊游坤，现供职于四川省成都市公安局高新区分局融媒体中心。四川省作家协会副主席，军旅剧作家。

记战“疫”中藏蓝的你

文／王炜

在我写下关于你的诗句时，
必须事先储蓄足够的力气，
才能用轻薄的笔尖，
镌刻下苍山的厚重和春光中的一缕。
因为此刻，
我想用诗歌记下的，
是这样的一个你：
一个足以让群众以命相托，
全力以赴的你；
一个守护在疫情防控阵线上，
风餐露宿的你；
一个在逆流人潮中，
负重前行的你；
一个义无反顾地写下请战书，
捺下鲜红手印的你；
一个守土有责，
不让疫情再肆意扩散的你；
一个甘愿奉献出生命，
去捍卫生命的你……

我想记下，
你的脸上越战斗越是坚毅的神情。
一双紧盯着疫情奔跑的眼睛，
格外地执着而警醒。
疫情就是命令，哪里有需要，
你就出现在哪里，
因为你早已将根，
深深地埋在了群众的心底。
哪怕只是一位素不相识的清洁工人，
也愿意相信你，
将自己倾囊而出的存款，
托付于你，
捐往疫情爆发之地。

我想记下，你的脚下越紧急越是沉稳的印迹——
宣传、核查、摸排、设卡，
筑牢一线防护网。
闻令而动与时间赛跑，
全警一盘棋，
将物资集结到位，
将调配保障到位，
将利用疫情哄抬物价、制售假劣药品打击到位。

共克时艰，
把人民群众的生命安全放在第一。
齐心协力，
遏制疫情扩散蔓延势头。
那么多身穿藏蓝色警服的你，
那么多纯粹的信念，
聚集在一起，
就是夜空中最璀璨的星星……

我还想记下，
在这个春节里，

当城市按下“暂停键”，
却被按了“快进键”的你，
一个无法与家人闲坐、灯火可亲的你；
一个奋勇向前、阻挡锋利的你；
一个将随时经受生与死的考验的你；
一个承载着荣光与梦想、伤疤与疼痛的你……

我想写下，
越是历经沧桑坎坷，
越是映照着初心和使命的你——

我常常看到这样的你，
你是这样的熟悉，
你是一位父亲、母亲、儿女……
你是我的战友、兄弟、姐妹、前辈……
你是抗“疫”征途中的
标杆、榜样与引领……

疾风才知草劲，
从烈火中方识得真金。
正是无数个这样的你，
点点星光，
汇聚成的炬火才成为——
我们打赢疫情防控阻击战的磅礴之力！

【作者简介】王炜，现供职于安徽省安庆市公安局。全国公安文联会员，安庆市作家协会会员。

（扫一扫，听有声朗诵）

武汉，我手捧春天的种子爱你

文/逯春生

新年的长江
用流水串起了珍珠的灯盏、
武汉，我就用一盏红红的灯笼爱你
午夜的咳嗽让江城两岸颤动了
让每一个中国人的心颤动了
武汉，我用千里之外的翅膀爱你
寒冷的时刻
武汉，我用温热的手和急切的目光爱你
爱你病榻的老人
爱你奔跑的孩子
爱你孤独的困惑
爱你面对魔鬼嘹亮的歌声

武汉，我用和煦的风爱你
爱你经霜的黄鹤楼
爱你辽远的东湖
爱你秀丽的木兰山
爱你行走或者静止的一草一湖
爱你春野的樱花夏夜的荷塘
殷红的杜鹃汉中的腊梅

武汉，心心念念的武汉
我用一羽白衣爱你
我用一身藏蓝爱你
我用一只口罩爱你
我用一条标语爱你
我用一枚枚警徽和
一朵朵战地之花爱你
爱你荆楚的民谣
爱你江岸的芦苇
爱你每一个街衢里最亲近的人
我们的兄弟姐妹

武汉，我用一双手
捧起一颗古老的种子
在春天里爱你
爱你不屈的性格
爱你火爆的身躯
爱你滚烫的泪水
爱你火把点燃的朝霞
爱你泪水和热血滋润的每一寸土地
武汉，我在离你遥远的城市
和你一起盼着、爱着春天
每一树花开的消息

【作者简介】逯春生，现供职于黑龙江省绥化市公安局。全国公安文联诗歌分会副会长，全国公安文联首批签约作家，中国诗歌学会会员，中国散文学会会员，中华诗词学会会员，全国公安文联会员，黑龙江省作家协会会员。

（扫一扫，听有声朗诵）

若不是这疫情，你不会注意我

文/鲁沛莉

若不是这场疫情
你不会注意我的眼睛
虽然平日
我也坚守在这里
守护着你的平安出行

那时我的职责
是送你一路畅通
而此刻我必须把你拦停
拦停你就是阻挡病毒
我必须让我的脚步快过疫情

所以，此刻
对视的时候我不需要感谢
只想送你满眼的坚定
请你放心——
“我会一直坚守在这里，
用闪耀的警徽为你遮雨挡风！”

若不是这场疫情
我也不会注意你的眼睛
虽然平日我也穿梭在这里
守护着你的笑语欢声

那时我每天提醒
防火、防盗、防骗
而此时更多的是讲隔离、戴口罩
保持卫生

我必须尽快传递
关乎生命的提醒
因为你眼中的不安让我心疼
所以，此刻
对视的时候我不需要感谢
只想要你配合大家的行动
请你放心——
“我会时刻在你身边，
以铮铮誓言守护着这片安宁！”

若不是这场疫情
我们都不会注意彼此的眼睛
虽然平日我们也曾擦肩而过
各自忙着各自的事情
而此刻我们更需要
警民同心，众志成城

因为我们
必须打赢这一仗
打赢了才有春天的
柳绿花红
所以，此刻
对视的时候我不需要感谢
只想用目光传递我的心声

请你放心——
“党旗下的藏蓝始终冲在最前
用热血忠诚筑起
抗击疫情的钢铁长城！”

【**作者简介**】鲁沛莉，现供职于河南省新郑市公安局。

（扫一扫，听有声朗诵）

我曾以为在这个春天写诗是不可原谅的

文/王富举

我曾固执地认为
在二零二零年的这个春天
写下诗句是不可原谅的

阳光铺天盖地的城镇孤寂、空荡
如果迎春开得太过矫情
梅花开得太过奢靡，仿佛
这一切的不合时宜都是有罪的
是的，因为我和你一样
母亲生病倒下，亲爱的祖国
她正在被一场阴险莫测的疫情折磨

我只想这个春天安静一些
我只想这个春天离开的人
高贵一些，最后感知的
不是人世的凉晨或寒暮

可是啊，战“疫”的间隙我还是提起了笔
我忍不住要记下那些泪水

咸涩的、滚烫的、冰冷的、清丽的、浑浊的
有悲恸难抑的死别，更有
细碎而伟大的生离

我要记下那一封封请战书里沸腾的热血
一封封，断人心肠的家信和它们所述说的
别样的家国情怀
记下夜色里奔赴不绝的身影
白色的、藏蓝色的——
记下朴实的乡亲和不断从四面八方
向捐赠点汇聚的腊肉、还在甜蜜呼吸的新鲜的菜蔬
记下风雪中守卡人的英勇和孤独
记下无处不在熠熠闪耀的中国红

我要记下十几亿人内心小小的不安
和令人哽咽难眠的牵挂与悲喜
记下世间盛开的所有祝福和感动的花朵
记下爱、神圣的使命和责任

是的，开始我曾固执地认为
在二零二零年这个令人悲伤的春天
写下诗句是不可原谅的

【作者简介】王富举，现供职于贵州省遵义市公安局。中国少数民族作家学会会员，贵州省作家协会会员，全国公安文联第二届签约作家。

这个春天的病毒和爱

文/曾贞

在春节，人们把二零二零年的第一场祝福
变成提醒，变成另外一种味道
像春天撒下的一颗种子
需要在一捧泪水中生根
需要在一个口罩下防护
需要用一根温度计来测量
从房间到医院的距离
因为在这场突如其来的病毒里
所有的新年祝福已经被敲成警钟

在这个春节里，人们把自己过成
关心厨房和养生的专家
在这个春天里，人们把自己隔离成
一张手机的屏幕，每天迫不及待地打开
关注疫情，关注口罩短缺
关注粮食和蔬菜供应
更关注，一位八十四岁的老人
他用怎样的肺活量
来支撑住一个民族的呼吸！

在这个春节里，病毒和爱的味道
同样没有遮挡，一群逆行的天使
用柔弱的肩，磐石般的信念
扛起了一座低热咳嗽的城
她们以剃去的长发为誓：
疫情不去，头发不留！
她们看着带了哭腔的丈夫，追着汽车喊：
平安回来！你平安回来，我包做一年家务！
她们用义无反顾的初心
喂给全国人民的是，一颗速效定心丸！

在这个春节里，没有防护服的卫士
靠一身百毒不侵的警服和一副口罩
还有家人总见不到的背影，来建立
全国人民的安全岛，来保护
这个拉响一级响应的国家的安与危
他们戴上口罩，是为了让所有人摘下口罩
他们不回家，是为了让所有人都能平安回去

武汉的民警邵玉春
背着呼吸困难的病危老人，徒步走向医院
泉州的民警小林
在疫情一线，在众目睽睽之下晕倒在地
还有，徐州民警司元羽
他用自己四十七岁的生命，诠释了请战书上的承诺：
“国家有难，人民有难，我将临危而上”！

没有人生而英勇，只是他们选择了担当
没有人不惧怕死亡，只是他们选择了无畏
在每一个被需要的角落
他们从不缺席，从不退缩
作为渺小的存在，用“疫”无反顾的初心

告诉全社会每一个人
什么才是患难与共，什么才是民族精神
什么才是——中国人民警察！

【作者简介】曾贞，现供职于广西警察学院。广西作家协会会员，中国诗歌学会会员。

为了春天鲜花盛开

文/李鑫

硝烟，笼罩在人民的心里，
战火，燃烧在战士的脸颊。
凌厉的号角响彻全身，
战斗的阵地遍布华夏。
我们是新时代的守护者，
我们是人民的坚强卫士。
疫情就是命令，
防控就是责任。
脱下春节的新衣，
换上熟悉的战甲，
作别家中的妻儿，
去战斗，为了中华。

寒风中，我们心中满怀对祖国的炽热，
黑夜里，我们在大地镌刻对人民的赤诚。
哪里有疫情哪里就是阵地，
哪里有疫情哪里就是战场。
我们有责任义务冲锋，
我们有忠诚使命担当。

以我生命，换你重生，
以我热血，与你希望。
我们豁得出，
我们顶得上。
只因为，我们名叫人民警察，
只因为，我们是人民的队伍。
我们都是逆行者，
敢打必胜，向死而生，
疫情，颤抖吧。

谁谓世间苦乐不相通。
我们此时不分职业，
我们此时没有地域。
我们此刻身心一处，
我们此刻风雨同舟。
此刻，我们是一家，
我们都在党的引领下，
向着最后的胜利进发。
努力，去迎接春天的召唤，
快看，风雪后初现的彩霞，
磨难，从未将我们击垮。
在冬日的暖阳里，
春天的生机孕育新芽。
龙行二月正抬头，
人间处处开鲜花。

【作者简介】李鑫，现供职于天津市公安交通管理局河西支队东风里大队。

逆行者（组诗）

文/田湘

磅　礴

不握手，不拥抱，更不亲吻
戴上口罩，隔空喊话，哪怕不近情理
硬是要换一种交往方式，让你不习惯
隔离，封城，大有置之死地的感觉
可暗地里，分明有一群人，一股力量
在集结，在逆行，在较劲，在磅礴
不顾左手反对，用右手签下生死协议
然后义无反顾，向死而生，不留退路

当年红军爬雪山，过草地，也是如此
当新型冠状病毒在华夏大地上肆虐
就是这样一群人，战胜恐惧，挺身而出
就是这股力量，由小到大，由弱到强
汇聚成钢铁洪流，排山倒海，不可阻挡
危难时刻，人人是勇士，个个是英雄
他们发出的呐喊，振聋发聩，彰显中华民族不屈的意志和决心
他们献出的大爱，融化冰雪，磅礴成中华民族坚不可摧的力量

这也是战争

有人说，这是一场战争
可敌人是谁？敌国又在哪里
如果说，这不是一场战争
为何又有这么多人死去

隔离、封城！不容怀疑和争论
战斗的号角已经吹响
武汉是主战场，医院是主阵地
敌人的名字叫新型冠状病毒

这是没有硝烟的战争
没有坦克、导弹、飞机、军舰
不见刀光剑影、炮声隆隆
肆虐的病毒却随时带来死亡的威胁
危难时刻，我听到亿万人民的焦虑和声援
我看到白衣战士挺身而出，坚强无比
构筑起抗击疫情的铜墙铁壁
展开一场保卫人类的空前大决战

生命至上，这是白衣战士庄严的使命和责任
他们来不及向亲人告别，星夜奔赴一线
他们如壮士断腕，执意做逆行者，毅然走向隔离区
在最黑暗最危险的地方与敌人面对面
与肆虐的病毒作殊死搏斗

是啊，在突如其来的疫情面前
绝不容许有任何退路，必须和病毒抢时间
赢得这场生命护卫战的决战全胜
这就是战争，残酷而决绝
这就是倔强的中华民族，决不向任何困难低头
武汉必胜，中国必胜

警察也是逆行者

除了白衣战士，在疫情一线
人们见到最多的就是警察
他们同样是逆行者，都像不怕死的
若金刚之身，百病不侵。而我就是警察
当然知道他们没有如此大的神通
他们中有人也染上病毒，甚至牺牲
依然勇往直前，从不退缩
因为他们知道，在寒夜里
警徽就如星星，用闪耀的光芒
向人们传递平安、温暖和信心

乘警给大妈戴上口罩

列车上，坐着一位大妈
乘警见她没戴口罩，问她
低头不语。此时新型冠状病毒正在蔓延
谁都知道，最低廉的口罩
却是最有效的防疫武器。乘警看出
大妈的焦虑，掏出仅剩的一个备用口罩
给她戴上，这小小的举动
却让大妈的眼睛，渗出了泪花

钟南山

一个伟大的民族，必定有
无数让人敬畏的英雄
你就是其中之一。危难时刻
你像勇士，总是站在疫情最前沿
稳住人心和阵营。这一次
你又挺起八十四岁的身板，在武汉
为抗击肆虐的新型冠状病毒出招
所有人都相信，有你，就一定能取胜
你就是一座，镇妖的大山

我不能给诗歌戴上口罩

宇宙有太多的黑洞，更多的黑我们看不到
当街头巷尾，每个人都戴上口罩，以此
抵御新型冠状病毒对人类的入侵。当危险无处不在
恐惧开始蔓延，那些在黑暗中摸索的人正期盼诗歌的灯盏
我不能给诗歌戴上口罩，哪怕被感染，被宣判死刑
诗歌也要挺直腰板，吐出铁与火，释放平仄的力量
和正义的光芒。我不能封住诗歌的嘴巴
虽然诗歌不是药，不能赶走瘟疫，但能吓走鬼神
在这个需要呐喊的时刻，诗歌不能缺席
必须在场，像勇猛的战士，去挑战死亡的威胁
那些逆行者以及受难者，不仅需要药物，更需要信心和勇气

一场致命的病毒让花儿孤影自怜

这是初春的盛事，山茶花、水仙花、迎春花
瓜叶菊、叠梗海棠、马蹄莲竞相绽放
赏花人却集体缺席，像约定好
戴上口罩，不去看花

多好的花儿，白里透着红润
娇滴滴若含羞待嫁的新娘
以往，她们总是春风得意，抢占风头
而今却无人欣赏和认领

这些无辜的花儿，还以为自己犯了错
她们哪里知道，一场致命的病毒阻隔了春天
让花儿在公园里孤影自怜

勇敢

跳广场舞的大妈忽然集体消失
热闹的广场呈现从未见过的空和冷寂

几天前，上百人在此扭动腰肢，旋律优美
一股力量在黑夜里舞动，让人相信
这力量的强大和不可挑战

可就在一夜间，她们散去了
她们在手机里、电视里看到了死亡
和隐形敌人的名字，看到逆行者在出发
她们似乎也接到指令：用隐形来对抗隐形
于是广场上只剩下一种罕见的空

可我分明看到这空里隐藏的力量
“有人吗?”我向天空吼道
转身看，见广场一角，一对年轻父母戴着口罩
在欣赏他们五岁的女儿跳踢踏舞
更像是在挑战这种空，在与隐形敌人搏杀
多么勇敢，我禁不住为她鼓起了掌

【作者简介】田湘，南宁铁路公安局政治部主任。中国作家协会会员，广西作家协会副主席、诗歌委员会主任，中国铁路作家协会副主席，全国公安文联诗歌分会副主席兼秘书长。

我在一线，请放心（组诗）

——献给奋战在抗击疫情一线的公安战友们

文/朱思丞

第十桶泡面

这是第十桶泡面，但你只吃了一半
对讲机传来新的警情
附近的社区出现一名疑似患者——
你突然瞪大了眼睛。手中的叉子
仿佛凝固了，连同你泛黑的眼圈
雕塑一般的眼神。在临时搭建的值守点
这张略显陈旧的桌子上也压着沉重的风声
像这次疫情一样，让你透不过气来
你站了起来，留下桌上的面汤
微微晃着，似乎有些不舍，对着你离去的身影
藏蓝色的警服，以及你的匆忙
从早上到现在，在排查的第一线
你就像铆足劲的发条，一刻不停
唯一坐下休息，是在这吃面的时刻
但你挂在嘴边的是医生护士太辛苦
他们才是防控疫情的白衣天使

谈到这，你有时会控制不住情绪
作为警察，一定要冷静，你常这样教导新警
暖瓶哈出的热气，遮住了你有些潮湿的眼眶
说好了要泡五分钟的，可刚倒上水
你马上拿起叉子。说不定有紧急情况呢
说不定没泡开的味道更好呢？
还好，水不是太烫。面也是你喜欢的香辣面
战友们都守在岗位上
争分夺秒的还有这一桶桶泡面，这是第十桶了
你总是说，
当警察的就要有泡面情结
不然就不是合格警察
你的身影坚毅而执着
朝着你的使命，你心中守候的那份爱
你匆匆的脚步，正迈向春天的方向

“我在一线，请放心”

家人觉得你失踪了，电话不接
微信不回，一连几天都是这样
就像空气一样，只知道在这座城市
在某个未知的地方，也是一个熟悉的地方

每次上任务你都是这样
凭空消失，捉迷藏一般，怎么喊也不搭话
只有门口一层银霜
留下了你的印记，但很快就消逝在阳光中
杳无音讯的节奏属于警察的专利吗？

没有你的年节
如此安静，无论白天还是黑夜
都在等着你的消息，哪怕还是那句——“我在一线，请放心”
虽然简单
却像种子
破土，抑或春暖花开

请战书

记不清这是第几份请战书了
你用赤诚和坚韧写下一名警察承诺
并按下鲜红的手印，交给组织
只要在岗位上，你就兴奋
胸膛里的豪情就像高山上的呐喊
就像一个老艄公听到了海浪的声音

这次，守岁的年夜饭还未吃完
听到防控新型冠状病毒任务的消息
你就像触电一样，心不自觉地离开了家——
要逐一排查登记，要认真检查过往车辆
还有要做好宣传，让群众加强自我防范意识……
你把可能出现的情况都理了一遍
你还把可能出现的困难在心里标了出来
习惯了，每次大项任务前，你都会这样想一遍
不打无准备之仗，是你一贯的作风

到群众最需要的地方去
你望了一眼衣架上的警服
心里的念想，不断拉长、放大
你笑了笑，转身坐在书桌前
拿起笔和纸。又一次写下请战书：
“敬爱的党组织，我申请……”

【作者简介】朱思丞，现供职于江苏省镇江市公安局。中华诗词学会会员，解放军红叶诗社培训部导师，镇江市诗词楹联协会副会长。

战“疫”有爱（组诗）

文/木木

当，火车汽笛响起

总是一段回家的旅程
二零二零，这个爱你的年份
返乡回家，再度
来临，在祖国腹地武汉
封城的时刻，迈出的步伐
被折返，折回的是对他人
生的希望

很多时候，我们不知道
能为这个世界做些什么，我们觉得
自己渺小，但其实
这样一个驻留，一个坚定的留下
就已经变得，伟大

等你，归来

每一次，出发
都是混沌的离开
因为天未明
因为，夜未尽
因为这样，才可以忘却
家人的牵挂，和未知病毒的
不安

着白衣的，更像天使
为天使而守护的，更像是飞翔的蒲公英
撒下的，万千种子
他们头上有警徽，身上
有播种下的希望
希望在前，他们逆行
向前，为秩序井然而前
为保护弱小而前，为人间美好
为更多的人平安，归来
而一直，向前

家中，还是那盏夜灯
为你燃亮，还是那层层皱纹
那稚气牙语，那整理衣衫的爱
等你平安，归来

隔　窗

在窗的这边，防护服包裹着转身后的泪流满面
在窗的那边，嗷嗷待哺的孩童
还在张望着这个世界

在窗的这边，妈妈伸出双手要穿透咫尺的距离
在窗的那边，白衣天使陪伴在
曾经天涯的你，你的亲人旁

这扇窗的场景，让我欲罢不能彻夜心痛
这样的隔离，似乎望向了阴阳
望穿了人世

是啊，一场疫情死亡多少人
莫不是一个人，死亡了多少次
折断了多少家庭

我们恐惧，因为我恐惧别离
我们伤痛，因为我的伤是你的痛
但我们也要坚强，因为坚信祖国强大
我们更要无所畏惧，因为此刻需要你与我
勇往直前

【作者简介】木木，本名任慧君，现供职于北京市公安局内保局。全国公安文联作家协会会员、诗歌分会副秘书长。

守　士（组诗）

文/翟营文

为善良穿上防护服

为了对抗黑夜的黑
为了守护一平方米
之内的绝对安全
为了和对生命的无知对大自然
盲目的无畏告别
和感染与疫情告别
暂时收藏起脆弱的善良
请与暴殄天物者势不两立
与不良的习惯一刀两断
携带科学的刀剑
与黑暗中窥视人类生命的恶魔
保持斗志
善良是脆弱的
请保持它反面的坚韧
以勇敢者的身姿护佑苍生
为失去血色的生命注入

正午的阳光和提前的春天
或者给他们一整片原野的希望
为还在隔离的生命托起盔甲
为紧闭的大门送去消息
因为有那么多亲人的呼唤
生命还会在蓬勃处蓬勃

守　土

从现在开始，我不再退缩了
我已经退无可退
仅有的呼吸都要靠口罩过滤
疫情还在不断攻占更多的地盘
从现在开始，我要守住阵地
守住身边的一平方米
守住使命和责任
我要靠近光靠近黎明
那是最有力量的开始
靠近好消息，靠近勇敢者
向那些身穿防护服的战士致敬
我要守住蓝天那健康的蓝
守住白昼那珍贵的白
把死神打得落花流水
用生命的顽强垫起尊严
守住身前身后的一平方米
就守住了九百六十万公里
守住了身前身后的一平方米
就守住了我的亲人和祖国

为武汉骄傲

武汉是一座可以飞翔的城市
现在她收起了翅膀
谨慎地躲避着黑色的风暴
武汉是一座高筑文化城墙的城市

现在那些文化的砖瓦依旧闪亮
我为武汉所有的道路骄傲
每一次的迸发都是发展的机遇
我为武汉的天空骄傲
一群凤凰飞过
有满天的彩云和霞光
我为武汉的人民骄傲
此刻那些发烫的乡音被病毒所伤
率先奉献出自由
为了消灭疫情，他们做了第一批勇士
武汉的武依旧坚强不屈
就像一场战斗正在进行
他们疲惫，却肩扛着人间沧桑

那些高尚的灵魂闪着光芒

在此之前，他们隐没在人群中
是乖巧的女儿，是温柔的丈夫，是儿子也是普通的职业者
在此之前，他们甚至都没做好告别的准备
突然间就整装进发，把亲人和家抛在身后
在穿上防护服之前，
他们的脸上是笑意，是平和，是生活中的五味杂陈
穿上防护服出发的那一刻，脸上呈现的是端庄，是严肃，是战士的刚毅和一往无前
焦急的心早已日夜兼程赶往灾难之地，驱逐病魔
把祥和、安全找回
在每个人的身旁放上力量和春天的希望
而他们是要经受炼狱之火的
是要经受暴风和狂涛的肆虐
防护服里的汗水没法擦拭就让它流吧
口罩勒出的印痕像大理石上的雕塑
他们平静地走向病房走向新型冠状病毒感染者
用镇定和医术来安慰那些恐慌的心
他们的平静里是纯洁、高尚和对美好的自信
让我再望一望那些可敬的侧影吧，或者扶你小坐一会儿

可你的使命不允许你有一刻的安逸你还要继续在黑色的疫情里拼杀
用白色的光照亮一个病床，照亮一座城
你们的身影就是希望本身
这些灵魂的光芒里有直达平安和美好的道路

【作者简介】 翟营文，现供职于辽宁省营口市公安局刑警支队。中国作家协会会员，辽宁省作家协会全委会委员，营口市作家协会主席。

心的祈祷（外二首）

文/艾璞

新型冠状病毒把春天打回寒冬
我心疼提笔无法写诗　喉咙失声
所有的词语都无法表达心中的郁闷
桌子上的 A4 稿纸　比拟变白的双肺

我呼吸急促困难　感觉被插上了呼吸机
一些质疑的词语　呈冠状形态
自动捐给被隔离的第六感觉
我把家中的席梦思躺成病床
决定让愤懑的疑似想法扔进太平洋

戴上好不容易买来的假冒口罩　气喘吁吁
小心翼翼和妻子穿过两道防线抵达菜市场
为不便出门的母亲选择营养　增加免疫力
摊上的老农戴手套展示自家种的青菜，透过口罩吐槽：
“我是冒着被邻居怒骂的风险出来卖菜”

所有的颂词击破谣言　挤在羊肠小道上飞奔
屏幕上刺人疼痛的数字煎熬我的心

无知的身躯没有免疫力　需补充精神的钙
所有逆行者都是一往无前　不回头
所有的勇气都值得点赞　颂扬

给母亲送好菜回居住的社区　大汗淋漓
小区门口工作人员测温表扳扣三次没有反应
我擦了擦额头的汗和油　测量后温度正常
我感觉自己狂奔在疑似病例的路上

请救赎这人世间撕心裂肺的疼痛
让阳光早日把病毒现形
我和你的眼泪同样是咸的
为共和国的灾难哭泣　祈祷　消毒

院　士

二零二零年的第一场雪如盐　撒在我的伤口
这是全国人民的殇　如溺水的海鱼
钟南山　李兰娟等院士和人民走在一起
真话　是一贴很好的中药　和勇气并飞
沉甸甸的忠诚与大爱　是航船的压舱石

士为知己者死　勇士无畏
院士　国之重器　民之幸耶
宝贵程度不在于发表出版多少论文专著
真的院士　敢为百姓的安危担当
真的院士　敢于直面鬼魅的世界

这场战“疫”　院士如雷神火神冲锋陷阵
春雷滚滚　地火阵阵
我闻到战斗的硝烟　听到花朵的呼喊
有沸腾的热血　清洗天空的阴霾

院士　如白鹤珍惜羽毛和飞行的天职
蓝天白云下　为苍生留下气节和名声

等到你们战胜了新型冠状病毒后
我要亲手献上我心目中的桂冠

口　罩

这个上演荒诞剧的春节
特定时期的紧俏物品
打赢这场殊死战斗的必备
考验国人底线的标志
抵挡住了病菌的侵入
封不住我们说真话的渴求

戴口罩看清社会发展迷雾
行驶在高速公路上对团雾要减速并保持清醒
把冬天捂成春天　口罩是试金石
每一滴眼泪都是呐喊和呼吁
都是经验和教训列入管理考试的成本

那些无辜的雪花　被我看成口罩
多希望化为沸腾的墨水　用文字杀死细菌
口罩检测人的素质　良知　操守　认知
我笨重的肉体无法承受口罩的重量
二月是用来痛哭的　用眼泪做化妆品
涂抹你　我　他　善变的黑脸

【作者简介】陈谊，笔名艾璞，现供职于浙江省公安厅。全国公安作家协会会员，浙江省作家协会会员，全国公安文联签约作家，浙江省公安作家协会主席，浙江散文学会理事，浙江警察学院客座教授。

别无所求（组诗）

——献给抗“疫”一线的英雄

文／姜金利

有一种告别
却无法握手
隔着口罩、护目镜

点头，也能表达问候

有一种追求
需要在战“疫”中搏斗
如果你无意看到一闪光芒
那是警徽匆匆的回眸

有一种不舍
在无言中放手
万家灯火　平安神州
我，别无所求

和人民在一起

你，不是你
我，不是我
你连着人民和口罩
人民和心连着我
我们和人民连在一起
战“疫”!

你，不是我
我，不是你
我连着人民和防护服
人民和心连着你
我们和人民连在一起
战“疫”!

是你，也是我
是我，也是你
从来就连在一起
从未有过分离
历经风雨
更紧，更密

擦肩而过

当你匆匆远离故乡
我却逆行前往
与你擦肩而过
寻找莫名的溃疡

与你擦肩而过
此刻，你我初次相向
只因我头顶警徽
你身后就是我奔赴的战场

与你擦肩而过
警徽的光芒照亮所有惊慌
如果你偶然的回眸遇到我的目光
就算是我无意的芬芳

【作者简介】姜金利，现供职于辽宁省丹东市纪委监委驻市公安局纪检监察组。辽宁省作家协会会员。

爱的暖流

文/周汉平

看不清你的面容，
却感知温暖的双手，
不知你的名和姓，
你们是天使的战友，
天使的战友。
用爱的暖流把阴霾驱走，
把阴霾驱走！
让生命的花朵永远绽放路口。
你我手牵手，
勇敢去搏斗，
爱的暖流终将汇聚成不朽！

看不出你的年龄，
却感受博大的温柔，
不知你来自何方，
你们在勇敢地战斗，
勇敢地战斗！
用爱的力量把狂魔踏蹂，
把狂魔踏蹂！

让幸福的日子永伴生命左右。
你我手牵手，
勇敢去搏斗。
爱的暖流终将汇聚成不朽，
永远的不朽，
永远的不朽！

【作者简介】 周汉平，现供职于湖北省武汉市公安局技术侦察支队。湖北省摄影家协会会员，全国公安摄影家协会会员，全国公安书法家协会会员，全国公安音乐家协会会员，全国公安文联影视协会会员，武汉市摄影家协会会员。

平安的方向

文/金升

漫天的阴翳，我站成一株松柏
脚下生根，枝叶上扬，直到
头上开满星辰，后背的盐花悄然绽放
爱穿过春夏秋冬

一股温情在斑马线这边忠实驻扎
我挥挥手，就是一部交响乐章
在安静的灯光里来回穿梭
相隔一张口罩

要畅通无阻
用流水的旋律淋漓表达
春天不再遥远
前面就是你所要的抵达
在灯光斑斓里

我的祝福在指尖闪动
红灯绿灯变换着眼色

黄线和红线勾勒出安全的尺度
马达轰鸣，要跨过千山万水
车上的幸福拥挤着，不妨碍再捎上
这一份沉甸甸的平安

【作者简介】金升，本名赵金升，现供职于北京铁路公安局北京公安处。河北省作家协会会员，全国公安文联会员。

中国画《没有硝烟的战场》（180cm × 97cm）

作者简介

徐磊，全国公安文联美术家协会会员，现就职于广东省广州市公安局。

中国画《战疫日记》（138cm × 69cm）

作者简介

何永亮，中国美术家协会会员，全国公安文联美协西画艺委会秘书长，全国公安文联美协会员，现就职于北京市公安局朝阳分局。

散　文

春天会来

文/聂虹影

爱人流泪了，“男儿有泪不轻弹”，已经记不清，有多久甚至多少年，没有看到爱人的眼泪了。这眼泪是为他的战友而流。这个战友是北京市公安局法制总队信访支队的民警艾冬，2019 年度“首都公安法制之星”。疫情发生后，艾冬连续二十多天奋战在抗“疫”一线岗位上，突发脑出血，于 2 月 22 日去世。

爱人，心疼他的战友，而我，心疼他的战友，也心疼我的爱人，心疼所有战斗在抗“疫”一线的勇士们！

疫情阻击战打响后，我和爱人都处于忙碌中，只有周末才可能团聚。2 月 15 日是周六，爱人回家后，一副心神不宁的样子，原因是他们单位的一名民警脑出血送往医院抢救了。民警叫艾冬，是个“红二代”，艾冬的舅舅是著名的战斗英雄董存瑞，艾冬的爸爸也是老红军。艾冬是北京市 12345 市民热线市公安局分中心负责人，由于 12345 热线是 7×24 小时值班响应机制，昼夜都要人值守，并且要求“接诉即办”，工作很拴人。

“接诉即办”工作涉及公安工作的方方面面，种类庞杂，对具体承办人的业务能力和政策水平要求很高，派单必须分类明、转派准，回复必须符合法律和政策规定。艾冬工作责任心很强，没出过什么差错。

爱人说，这个岗位很辛苦，2019 年全年派单数量达 10 万多件，平均一天近 300 件。今年单是疫情防控期间，就受理了近万件派单，所有这些都是艾冬带领他的团队完成的，全局办理电话派单的响应率始终保持 100%。2 月 15 日，值班的同事需要陪父亲去医院复查身体，艾冬主动顶替同事值班。早晨起来，他就感觉身体不适，在椅子上坐了好久，最后还是决定强撑着不适去单位。走出宿舍门不久，他就栽倒在地起不来了。当时他脑子还清醒，打电话向亲人求救、向单位请假，然后被救护车拉到了医院。

疫情防控期间，医院不允许多人陪护，陪艾冬就医的支队领导一直和爱人保持着电话沟通。我从断断续续的通话中得知，医生经过会诊决定进行开颅手术。爱人一直没睡，边向上级报告情况和安排相关事宜，边焦急地等待消息。后半夜，爱人告诉我，手术结束了，艾冬颅内出血达 60 多毫升。这一夜，我们无眠。

第二天一早，爱人返回单位。从每天的例行通话中，我知道艾冬还在昏迷中，一直在重症监护室，其间又从脑外科的重症监护室转入神经内科重症监护室。各级领导都非常关心他，医院也全力救治。爱人一直牵挂着他，我的心也一直揪着。2 月 22 日，又是周六，回家的爱人依然心事重重。他说，一个星期人还没醒过来，一直没有脱离危险，特殊时期加上人在重症监护室，不允许陪床不允许探视，艾冬就这么孤零零一个人躺在那里。夜里，我又听到他在接电话，他告诉我，艾冬走了。随后，我们再也无眠。

周日，爱人早早离开家，去看望艾冬的老母亲。中午回来，爱人说到底是革命家庭，到底是英雄的妹妹，所有人都没有料到老母亲如此坚强。老人说，这两年她先是送走了老伴儿，又送走了艾冬，父子俩一前一后都走了。自腊月二十九艾冬回家陪她吃了顿饺子，近一个月再也没有回来。艾冬曾在电话里告诉母亲，他的岗位特殊，特别是在特殊时期，实在抽不出时间回家。老人特别理解、特别支持。她没料到再见儿子却是隔着重症监护室厚厚的玻璃，距离儿子只有六七米远却不能靠近，医生只给了半分钟探视时间。如今，母子已是阴阳两隔，白发人送黑发人。当问及老人有什么要求时，这位英雄的母亲说，没有任何要求，不给组织添麻烦。

爱人说不下去了，眼泪夺眶而出。而我也听不下去了，我也是母亲，我知道孩子就是所有母亲的天，失去儿子，对一位母亲来说意味着什么。

爱人说，没有想到，在这个特殊时期，总队会以这种方式减员。他不愿接受这个事实，却不得不接受。

爱人说，最令人动容的是，听陪艾冬就医的战友讲，在医院急诊室，艾冬无法站立行走但神志尚清醒时，同事来电请教他一件电话派单如何处理，艾冬在身体极度不适的情况下，还坚持听完电话并提出了办理意见。此后不久，他就陷入昏迷状态。爱人说，那是艾冬生命里的最后一个派单。

为了方便工作，艾冬租住在单位附近，平时上班路程很短，不足一支烟的工夫。可那天清晨，那条路好漫长，漫长到他用尽一生，漫长到他跨越了生死，最终也没能抵达！

望向窗外，受疫情影响，马路上依然车少人稀，一派寂寥。这个冬天好长，长到超出了我的心理预期！然而春天总归会到来，只是艾冬，再也回不来了！

纵使春花如何烂漫，爱人的好战友、好同事艾冬，再也回不来了！

【作者简介】聂虹影，中国移民管理报社社长。中国作家协会会员。

疫情中心的藏蓝本色

文/陈晨

每天睁开眼，第一件事就是看疫情地图，那上面最深的红色是湖北，是武汉。那颜色，红中透着紫，像一道鲜血淋漓的伤口，让全中国为之疼痛。

三个月前，全球的目光凝望武汉，世界军人运动会的成功举办，让这座美丽的城市赢得了赞誉。三个月后，全球的目光再次聚焦武汉，这一次，这座城市让全世界都感到不安。谁都不曾想过，武汉，会成为一种肺炎的前缀，会成为抗“疫”的前沿阵地。

常常会想，如果我从来不曾去过武汉，那么，对这座城市的牵挂会不会少一些？如果从来不曾认识过武汉人，那么，心痛的感觉会不会不那么强烈？

2019 年 5 月，纪念五四运动一百周年之际，我跟随全国公安文联朗诵专业委员会的伙伴们去了武汉，从此，这座城市便与我有了千丝万缕的联系。

我们参加了“最美青年汉警”的颁奖典礼，

一个个优秀的青年民警在舞台上展露风采。他们是这座英雄城市的守卫者，他们的脸上洋溢着自信和自豪。

最难忘的是一名叫伍淼的女警。那一天，颁奖舞台无比宽阔，把伍淼衬得又瘦又小。她身着藏蓝色的警服，一步一步，镇定自若地走到舞台中央。她立定，微微笑着，敬了一个礼，动作干净利索，却浑身上下透着一股静气。那一刻，似乎有漫天的彩霞映照着她，她熠熠生辉，光芒四射。她身后的大屏幕告诉我们，她是女枪王，还是即将举行的世界军人运动会形象代言人。

看似柔弱甜美的她，竟是女枪王！多么不可思议啊！影视剧中的神枪手，可都是肌肉发达的铁血硬汉啊。

我后来想起武汉，常常会想起这个女孩。我想，她一定有着无比强大的内心，外面的世界再嘈杂，她都能用心中的静气抵挡喧嚣。万物静止，只有一个靶心安静地等着她的子弹。她深吸一口气，抬枪，瞄准，狙击，一颗子弹稳稳地跳出枪膛。

我们在武汉吃热干面、登黄鹤楼，还与湖北朗诵协会联谊，听朗诵家们用华丽的声音演绎深沉的情感，听滚滚长江水从他们的声音里奔泻汹涌。

我们去的那个季节，武汉大学的樱花已经谢了。武汉的朋友会觉得这是待客的缺憾，不时会有人说，可惜啊，来得太晚了，否则带你去武大看樱花。于是便有一种叫“樱花谢了”的遗憾落在心底，从此对这座城市念兹在兹，盼望着与武大的樱花一期一会，也盼望着亲眼看见女枪王射出一个又一个十环。

然而，重回我视线的武汉，却是一个病了的武汉。武汉，你还好吗？我的警察同行们，你们都还好吗？你们在高危地点执勤时，防护服有没有穿好？你们的口罩够不够用？

每天，我都在微信里关注着他们，为他们揪心，为他们流泪，为他们鼓劲。

美丽的小葛是江汉公安分局的民警，她的单位与疫情中心华南海鲜西区仅仅一墙之隔。她告诉我，刚刚得知疫情时，她和她的同事们也感到愤怒、恐慌，但是，看着身边一个个深陷困境的百姓，再看看身上的警服，便觉得肩负着一份沉甸甸的责任。他们坚守着自己的岗位，越来越沉着，越来越淡定。处在疫情中心，说不怕那是不现实的，有时只好自嘲一句“毒窝子旁边待这么久了，咱身上肯定自带抗体”，为自己加加油，为同事打打气。他们也怕防护不到位或者哪一个环节出了纰漏，让病毒长驱直入。想到江汉区是疫情重灾区，物资消耗快，小葛和家人、亲友一起发动了募捐。远在浙江的小姑子用最短的时间，募集了价值十多万元的防护服、口罩和护目镜，捐助给江汉分局的一线民警。小葛说，每天受到很多负面情绪冲击，我们常常处在崩溃的边缘，但一想到有那么多人在支持我们，想到有那么多人在需要我们，便觉得有一种力量在心底生长。

夜深人静的时候，是小葛和她的战友们最难熬的时候，她告诉我：“姐姐，我已经一个多月没看到我的爸妈和孩子了，我很想他们。”说着，她哭了。家离单位并不远，但她不知道自己在工作过程中到底有没有感染上病毒，只好压制着心中的思念，望着家的方向默默流泪。她的很多同事都跟她一样，不见，是对家人最好的保护。

巡逻的时候，小葛拍了几张武汉的街景。被雨打湿的街道，路上空无一人，安静得让人心痛。她写道：今夜，你依然美丽。

武汉市公安局中南警务站站长刘俊是出征过非洲的“维和”警察，曾在利比里亚参加过抗击埃博拉疫情。疫情发生后，警务站接处的报警几乎全部与疫情有关。他和同事们每天全副武装，维护着辖区医院的秩序，保护医护人员的人身安全，帮助群众解决困难。辖区里有人因患“新冠肺炎”去世了，刘俊穿上防护服，全程陪同家属办理死者死亡证。家属站在离居委会数米处，由刘俊充当二传手，在当事人和社区工作人员之间来回传递资料，每一次换手，都由他仔仔细细地消毒。一遍遍传递，一遍遍消毒，他想用他伟岸的身躯替群众抵挡病毒的威胁。在非洲，他见过很多死于埃博拉病毒的人，但今天，看见有人死去，他还是会流泪，因为这些都是他的父老乡亲。

波波是武汉市公安局的团委书记，也是两个萌宝的妈妈，老二还不到 1 周岁。抗击疫情的战斗打响后，她放下怀抱中的孩子，号召所有青年民警贡献青春的力量，担负起守护江城的重任。一封封请战书盖满红色的指印，一个个充满活力的年轻身影冲向前线，一面面团旗在抗“疫”第一线高高飘扬。洪山分局辅警徐建建在公共交通停运后，做好以所为家的准备，打包半个月的生活物资，徒步 20 多公里奔赴岗位。江岸分局郑宇、王康等 9 名青年民警冒着大雨，连续工作 5 个小时，将 64 名确诊患者转送到指定医院。火神山医院完工后，蔡甸分局青年民警燕占飞主动申请，担任火神山警务室责任民警。90 名来自特警支队和轨道分局的青年民警进驻火神山医院，参与治安防控、路面封控、服务群众、应急处置。波波说，对我们来说，武汉，不是疫区，它是我们的家。

“最美青年汉警”女枪王伍淼收到紧急召回指令后，即刻购票从老家返回武汉。回武汉的火车空荡荡的，在夜色里疾行。武汉越来越近，伍淼的心越来越沉重。她深恨着这些看不见摸不着的病毒，如果可以，她一定会精准狙击，把病毒通通消灭。

朗诵家谢东升，是一名警察家属，他朗诵了一首又一首诗，录制了很多音频，用声音为战斗中的医护人员和警察鼓劲。他要让他的声音成为战斗的号角，给封锁在城里的人们带来希望，给患病的人们带来力量。

更多藏蓝色的身影，是我不认识的同行，在华南海鲜市场、在环城高速卡点、在立交桥下、在医院、在社区、在街道，他们恪尽职守，守卫着这座患病的城市，守卫着城市里一千万居民。他们不懂医术，但他们在和病魔抢时间，背着深度昏迷的病人拼命奔跑，送去就医。他们不是心理咨询师，但他们用温暖的话语抚慰着惊恐无助的群众。他们常常看着一具具遗体泣不成声，他们常常痛恨着自己没有足够的力量保护身边的群众。

疫情中心藏蓝色的背影与医护人员白色的背影一道，组合成这座城市最坚强的防线，他们是疫区人民最值得信赖的力量。

疫情终会过去，胜利已经不远。立春那天，波波在微信里写道：今天，春风吹走了寒冬的凛冽。相信，生命的繁花必将如约绽放。待春暖花开，还山河无恙。爱美的丽丽在微信里写道：等疫情过去，我要网购几件春装。

亲爱的丽丽，还有波波、小葛、伍淼，我们约定，等阴霾散尽，等春回大地，等樱花满枝，我们穿上美丽的春装，一起去武大看樱花。

【作者简介】陈晨，现供职于上海市公安局。上海市警察协会副秘书长，中国作家协会会员，全国公安文联理事兼散文分会副主任。

藏蓝警察在行动

文/初曰春

一

朱梅有苦难言。

腿有残疾的哥哥离异多年，身患慢性肾衰竭，一直跟父亲一起，由朱梅一家照顾。哥哥每周得做三次透析，怎么办？疫情形势严峻，朱梅跟丈夫李伟都在基层派出所，根本腾不出手。两人正犯愁，父亲来电话了，说家里边有他镇守，不用惦念。

李伟急了，老人也跟着急，说自己老当益壮，想当年也是叱咤风云。

一提到“想当年”，李伟就哑口无言，岳父虽然早就退休了，可这警察干到了骨头缝儿里，前几天还吵吵着要到派出所给他当帮手。

最终还是朱梅拿了主意，就遵照老人的意愿。李伟不干，朱梅反问能想出别的招数吗？也是，女儿临时去走亲戚，就地隔离。换句话说，以目前的状况，所有亲戚都指望不上。

就这么着，得过中风的八十一岁老人推着轮椅，去趟医院单程三公里，步行足足一个小时。李梅的女儿发了个朋友圈，说心疼姥爷和当警察的爸爸妈妈。

女儿的微信好友多是年轻人，他们质疑朱梅夫妇没人性，是想借机为自己捞政治资本。一些骂人的话不提也罢。她委屈巴巴地向母亲诉苦，朱梅压根儿没空搭理。

朱梅忙得焦头烂额。她是洪山区公安分局梨园派出所东湖责任区民警，一句话，管片儿，跑断腿、磨破嘴，出力不讨好。

福泰老年公寓归他们管，那里不多不少有102个老人。春节将至，护工多数回家了；疫情突发，严禁家属把老人接回家或进院探望。朱梅只能跟社区工作人员一起去做工作，他们好不容易安抚了老人们的情绪，家属们还是不肯理解。

有一次，几位家属“闹事”，把朱梅逼到了墙角，眼看就要动手了，被社区书记刘汉昇护住了。

刘书记说，非常时期，再闹腾，追究你们的法律责任。

朱梅不想激化矛盾，继续安慰几位家属，说咱都是做儿女的人。

对方硬生生打断她的话，说别猫哭耗子，咱不吃你那一套。

刘书记把脸一沉：讲话要凭良心，朱警官的父亲……

家属们愣了好大一会儿，有人率先给朱梅鞠躬道歉。她没有心理准备，刚要笑，眼角却涌出了泪珠，她心想大家伙终究是通情达理的，有他们的支持，很快就会取得战“疫”的胜利。

当然，作为女人，她也在牵挂年迈的父亲、生病的哥哥，还有丈夫、女儿和亲戚朋友们。

去年刚入警的张磊则是欲哭无泪。

他的家庭条件很差。父亲靠收废品把他送到警校，出过车祸之后就把自己视作“累赘”；母亲为了减轻负担，跑到一家医院的物业打工。张磊心疼母亲，再三反对，可母亲更心疼儿子，孩子要结婚就等买婚房了，光首付就得三十万元。

他豪横的是，女朋友周昀昀从未嫌贫爱富，他们合计，只要一家人共同努力，生活会越来越红火。

张磊万万没想到，母亲被确诊隔离了。一听到消息，他蒙了，他后悔当初同意母亲去打工。

他感到天都要塌了，倒霉事怎么就让自己摊上了呢。好不容易调整好了心态，张磊跟母亲通话，老人在喘着粗气安慰他，说自己没事儿，别胡思乱想，你可得注意呀。

张磊清楚，母亲永远不会讲一些高大上的话。他还在岗位上执勤，便匆忙联系发小儿，寻求帮助。

心知发小儿是毒舌，但张磊没料到对方会让他辞职，说当警察五冬六夏没个清闲，收入不高还那么危险，别光想着作秀了，如果我是小周，分分钟把你踹了。

他在心里叩问自己，当警察究竟图了什么。琢磨到最后，张磊没有找到确切的答案。警情说来就来，他又跟着兄弟们出警了。

上了警车，张磊在心里嘀咕，作秀就作秀吧，索性把“作秀”进行到底，因为有些事情并不重要。至于父母那边，还有女朋友小周呢。

二

去哪儿？童方雄做了个卖萌的动作。

董青白了他一眼，说给你差评，犹犹豫豫没个准儿。

这对新人是一线民警，年前刚结婚，正合计着度蜜月。去年下半年，武汉市公安机关忙活军运会安保，完事之后，所有民警、辅警分批次轮休。熟悉公安业务的人都知道，日常警力紧张，一个萝卜一个坑，好不容易才轮到他俩休假。

没承想，两人刚订好了行程，单位就停止休假，为突如其来的疫情紧急启动应急预案。童方雄怕新娘有意见，说计划泡汤，先欠着你，咱只能过个特殊的蜜月了。

董青怪嗔道：敢情就你有觉悟，记住，欠账可得有利息。

事实上，两人算是幸运的，另一对小情侣，压根儿就没机会去谋划“蜜月”之旅。

吴争和郭美晨是高中同学，相识十一年，相爱五年多，2018 年领了结婚证，就差办婚礼啦。

还没进公安队伍之前，听说有的警察推迟婚礼，吴争总是感到匪夷所思，但他现在彻底理解了，而且学会了坦然面对。

两人各自在白天和夜里上班，成了近在咫尺的牛郎织女，只能趁交接班之际互发短信问候，赶上能来个短暂的视频，吴争能乐得找不着北。

吴争负责的是火神山医院附近的交通管控，郭美晨则在汉口火车站派出所，那里不仅是人员密集场所，而且离华南海鲜市场直线距离仅有五百米左右。

郭美晨比别人还要忙一点，她担负所里的宣传工作，忙完执勤还要写新闻稿。终于有一天，郭美晨撑不住了，她冲着手机屏幕掉眼泪。说到底，她终归是个女人，并非三头六臂的神仙。

视频通话时间很短，郭美晨抹了把眼，说风大，我迎风流泪。

说完，她“扑哧”笑了，自己在所里加班，哪儿来的风？她不好意思地关掉视频。吴争心里不得劲儿，发了条信息，说快到你生日了，到时候我请你吃大餐，给你庆祝生日。

郭美晨没回复，她朝手机啵了一口，心想这该死的疫情早点过去吧，到那会儿，就来碗热干面，那可是真正属于江城人的“大餐”。

燕占飞和铁晓慧婚后只去过三峡。小两口过日子精打细算，好不容易有了富余的钱，却互相怼上了。燕占飞想给妻子贷款买辆车，铁晓慧则玩起了浪漫，非要把蜜月补回来。

当时，燕占飞憋了一肚子气，感觉妻子不可理喻。可现在，他已经二十多天没见到妻子了。铁晓慧在医院工作，跟同事们一起连轴转，又跟发热病号接触，不让回家；而他在火神山医院警务室，也是没个喘气的空闲。

让燕占飞难受的是，妻子上班期间不让用手机，能发条短信都弥足珍贵。

回想起来，吵架都是幸福的。加完班之后，燕占飞给妻子发了这么一条语音，然后就窝在单位的沙发上睡着了。下半夜，手机铃声响了，他解开锁屏密码一看，见到的是一连串愤怒表情。

燕占飞赶忙哄妻子，咱回头把蜜月补上，行不？

铁晓慧答非所问：我和姐妹们被生理期害苦了。

燕占飞输入了一行文字，又删除了。他盘算着天亮之后去购物，作为白衣天使的家属，自己理应支持她们的工作。

轨道分局雷神山医院突击队队长刘海波忙起工作来会“六亲不认”。这天傍晚，他赶回家拿换洗衣服，事先通知爱人只在楼下待三分钟。刘海波有两个顾虑：每天跟形形色色的人接触，怕把病毒传给家人；家里那一对宝宝很是粘人，他担心脱不了身。

仅仅因为爱人迟到了一分钟，他就把爱人劈头盖脸训斥了一顿，他认为一秒钟都耽搁不得。爱人哪儿见过丈夫发这么大的脾气？眼圈瞬间红了，可怜巴巴地对刘海波说，我只是让孩子在楼上多看你一会儿。

路人拍下视频，发布到网上，两口子成了“网红”。网友批评他说，小别胜新婚，这警察叔叔过分了；还有人说，等着吧，迟早要回家跪搓衣板。

刘海波听到网上的评论，嘿嘿直笑。他心想跪就跪呗，只要这疫情能早点过去。

三

“青年汉警”是武汉警方打造的工程，每逢急难险重任务，总会看到年轻民警的身影。封城以来，他们纷纷递交请战书，在市公安局的统筹下，成立各类突击队，进驻各个方舱医院。

王恒峰是江岸区分局的一位刑警，也是“青年汉警”的一员，2月13日便已抵达该区的方舱医院。正所谓忠孝难两全，去那里之前，他父亲出现发热症状，正在一家宾馆隔离，让他放心。

第二天10点左右，王恒峰无意中看到了父亲。他把老人拽到一边，父亲好似犯了错误的小孩子，说别埋怨，你是党员，干好工作就是最大的孝心。

王恒峰点了点头，鼻子瞬间酸了。他能够理解父亲的一片苦心，谁还没耍过小计谋呢？

跟他的情况相反，二十二岁的王星源是跟父亲合起伙来骗人。东西湖分局发出动员令后，他试探性地征求父亲的意见，父亲说，去吧，孩子，光咱俩知道就行。

作为第一梯队，2月9日凌晨，他们提前一个半小时入舱，为的是与医护人员错开穿戴防护装备的时间。仅是完成这套程序就得个把小时。举个很简单的例子，防护服的尺码并不一定合身，即便严格按规程来穿，也难以避免出现皮肤暴露的情况。这是他们所要承受的心理负担和风险。

还有，臃肿的防护服在身，限制了行动自由；护目镜出现水汽，影响视力；工作压力大，眼睛生疼、鼻子发炎……王星源这才意识到，医护人员得多么辛苦。再看到有些患者人心惶惶，他焦躁不安。好在突击队里的骨干是老民警，他们拥有丰富的工作经验。

患者以中老年居多，他们策划了广场舞演出。演出一开始，参与者众多，既锻炼身体提高了免疫力，又缓解了压力。最关键的是，此举为患者传递了一个信号：医护人员和公安民警跟大家始终站在一起。

王星源照着葫芦画瓢，开始在舱里宣传防诈骗的常识，甚至跟几个同龄人交流玩网络游戏的“秘诀”。让他得意的是，身边很快聚起一堆小伙子，自发形成了志愿者团队，成为维护方舱医院秩序的主力。

前进派出所五十一岁的民警周健有些特殊，他确诊了，在江汉区方舱医院接受医疗。

周健起初也是焦虑、恐慌，看到那些熟悉抑或陌生的战友，在不为外人所知的“阵地”上奋战，他心里又敞亮了，活着就得有活着的价值，更何况自己又是位老警察。

拥有什么样的心态，全靠个人。他认为，自己是患者，便于跟其他人沟通，能找到共同语言。他的理念是，说一万句空话，不如做一件实事。

2 月 13 日，患者张某跟医护人员大吵大闹，起因是理应轮到他进行核酸测试，却被通知继续等候。

拳头朝医生抡出去了，周健用身子挡住，好家伙，张某的力道可不小，害得他半天喘不上气来。

周健没跟张某计较，紧接着去查找原因，原来医护人员都是外地来增援的，听不懂武汉方言，在建立信息卡时写错了名字。

不能给医护人员添乱。他马上跟分局联系，分局特事特办，从公安内网调取张某的个人信息，证明了其身份。事后，张某千恩万谢，周健这回没客气，说别扯那么远，帮我盯紧了，发现问题赶紧通知我。

当天，张某“情报员”的身份就起了作用，他告诉周健，病友马某和路某闹事，比两人晚一批进舱的人已经进行了核酸测试，他们却没轮上。

周健赶去“救火”，负责的护士说多亏你提醒，避免了工作疏漏，否则会让大伙寒心。

“你们背井离乡来武汉，我也只能帮你们做点小事情。”周健说得没错，他帮助处理的小纠纷不计其数，把好些隐患消灭在萌芽状态。

他最大的愿望是自己早点康复，继续投身这场没有硝烟的战争。目前，他和其他确诊的民警仍旧在方舱“阵地”，以各自不同的方式战斗着。

四

在鹦鹉街派出所钢管责任区的民警许成林看来，除了令人敬佩的白衣天使，各行各业的人都在为战胜疫情默默奉献着。

面对高压态势，总会有人不理解。某日，社区工作人员和他一起登门清查，一户居民不予配合，态度恶劣，还骂人。

许成林笑眯眯地去跟人家“套近乎”，被人家推搡出门。同行的社区工作人员替他打抱不平，许成林说，那不算骂人，只要咱辖区的人能平安，都值得。

这都什么理论啊，工作人员不解，他随后才明白，许成林是话糙理不糙。

白发人送黑发人是人生一大悲剧。三十九岁的爱女离世，两口子和儿子核酸检测都呈阳性，这让周婆婆痛不欲生。她趁着医护人员忙乱，逃离医院，把自己反锁在家里。

社区工作人员使尽了招数，所有人都抓瞎了，许成林说：“我上。”他做好了最坏的打算。门外门内两个世界，他生怕激怒周婆婆，使其再做出极端的举动。

轻轻敲门，屋里传来有气无力的声音，问是谁。许成林的担忧立马减了一半，老人能够回话说明她理智尚存。

检修煤气。说着，许成林把脸贴在门上，极力捕捉屋里的声响。

周婆婆不耐烦，说快走吧，我用不着做饭，饿死了正好。

许成林说不行啊，煤气泄漏，你得为整栋楼的人想想。

门开了。许成林是称职的社区民警，过去跟居民交往密切，虽说戴了口罩，还是被老太太一眼认了出来。

担心的事情发生了，老人跑到了阳台。窗户是开着的，也不知道哪儿来的力气，一眨眼，周婆婆爬上了窗台，整个身子都探出了窗口。

八楼！这要是一心寻死，后果不堪设想。

许成林迅速判断，周婆婆能够让人进门，证明老人只是一时钻进了死胡同，想不开。

他尝试着往前迈了一步，周婆婆的身子跟着往窗外偏过去。随行的社区工作人员一声惊呼，吸引了老人的注意力。许成林眼疾手快，借着周婆婆恍惚的当口，拦腰抱住老人。

僵持了四十多分钟，许成林胳膊腿都麻木了，周婆婆的情绪才缓和下来。她把许成林的话听进去了，是啊，一切都得向前看，儿子还在，她得把病治好，将来抱孙子。

在配合社区工作人员开展工作的过程中，各单位、各警种碰到了数不清的麻烦。胡涛比较幸运，他在江岸区劳动街三合社区遇到的都是小困难。例如，几位老汉非要出小区，他们需要定期买药或者去医院检查，去医院会增加交叉感染的风险。

胡涛动起了脑筋，居民当中最难的是老人，他们腿脚不利落，也不会网购。他把社区的病号全都记下来：王某心脏不好、李某血糖高、安某犯癫痫……胡涛给这些人分了等级，哪些人得立即到场，哪些人只需把药送到。

这一做法得到大家的认可，社区决定把有限的人员分组，确保居民有任何困难，三分钟之内有人到位。改天，他们公布了电话，很多年轻人也报名充当志愿者，众人摇身一变，成了快递员，小到针头线脑，只要是群众需要，就有人去处理。

三合社区不再那么忙乱，好多人为胡涛点赞，他有些蒙圈，心想这不是分内的事儿吗，相比医护人员、社区干部、志愿者，还有那些为防控疫情辛苦操劳的人们，自己干的只是微乎其微的工作。

胡涛只晓得一个道理，灾难面前，就得并肩作战。他也知道，此时此刻，武汉乃至祖国的大江南北，有数不清的藏蓝警察正在行动。

【作者简介】初曰春，全国公安文联创作室副主任，影视专业委员会副秘书长，中国作家协会会员。

疫情下的两地书

文/于静洪　林辉
改编/黄树田

于静洪是济南市公安局槐荫区分局特巡警大队四中队的一名民警，他和战友们奋战在110接处警一线，作为专业应急力量，他们担负着处置突发事件、协同卫健部门开展防控救援等重要任务。林辉是山东省立医院的一名主管护师，作为山东首批驰援湖北的医疗队员，于1月25日夜晚奔赴湖北一线。身处武汉、济南两地的夫妻二人，由于都异常忙绿，连视频连线都成了件奢侈的事情，只能在工作间隙通过微信互报平安——

林辉：江城冬日阴冷，时常飘雨。飞机抵达武汉后，立刻转往黄冈，入住酒店已经凌晨2点30分。屋外一直下着雨，气温很低。打开手机，各种信息一下子涌入，几乎全是亲人、朋友、同事们的祝福和嘱托，瞬间感觉到了温暖……组长介绍了这边的疫情和工作计划，明天参加培训。愿早一点投入到这边的工作，祝愿大家各自安好……

于静洪：家中一切安好，勿念。回首相识相知二十载，岁月嫣然。以前春节，都是我不在家，或是巡逻、或是执勤、或是出差；越是假期，我越是忙，我们越是聚少离多。今年春节，单位领导特意排班让我们除夕团圆，却不想随队出征不在家的人，换成了你。

林辉：下班回来，已经凌晨2点10分，整个小夜班患者的治疗护理很多，我和队友不停地忙碌着，本以为没有暖气会比较冷，特意在防护服里边穿了棉马甲，可此时却感觉不到冷，反而出了一身的汗。给一位八十多岁的老人喂完饭走出病房，在走廊的尽头，看见了我的队友，一个人，一手拽着无创高流量呼吸机，一手拖着吸痰器，穿着厚重的防护服蹒跚前行，此刻尽是感动与心酸……我多么希望这是一场梦，梦醒的时候依然岁月静好、微风不燥、国泰民安……

于静洪：其实，公安民警和医护人员本就是“战友”，护士守护健康，警察守护安全，我们都在守护生命、守护人民。今晚我值班，身为特巡警，对党忠诚是永恒的信念。全大队都已动员待命，各司其职，服从召唤，随时准备处置有关警情。疫情就是命令，你在前方一线奋战，我必严防死守，保后方平安。

林辉：从来没有感受到“平安”二字如此让人感动。这两天一直收到大家的祝福，不能一一回复，感谢大家支持，请勿挂念。老叔微信叫我一句，孩子！老姨打来电话叫我一声，妮儿！瞬间让我有种想哭的冲动，一切尽在不言中，不为光环，不为名利，只因患者需要，医者担当！家人们请放心！

于静洪：也请你放心！孩子大了，能照顾自己。家中安好，万事有我。你守在病房，我守在你身后，你一定要注意身体，等你平安回来，一家人补年夜饭。

爱你！

【作者简介】 于静洪，现供职于济南市公安局槐荫区分局特巡警大队。

林辉，现供职于山东省立医院。

黄树田，现供职于山东省济南公安文联办公室。

（扫一扫，看精彩视频）

总有一种美好会穿越黑暗

文/蒋珊珊

春节前几天，打喷嚏流鼻涕一直没停过，但这并没有引起我的注意。然而，随着新型冠状病毒肺炎疫情进入公众视线，而且我生活的县城1月24日出现确诊病例，我为此惶惶不安起来。我在窗口上班，年前办证高峰期不知接待了多少群众，本地的，从外省赶回来的都有。再则，我上下班皆搭乘公交车，此路公交车的始发站恰是火车南站，公交车上肯定有外地乘客，难免会有接触。那时还没有防护意识，上班坐车皆没有戴上口罩。现在回想起来，我就起一身鸡皮疙瘩——天知道此期间接触到感染者没有？只要我继续打喷嚏流鼻涕，如果还发热的话，我便极有可能是疑似患者。

每天我都用温度计频繁测体温，再盯着温度计发呆，这种反常表现引起了儿子的注意，他说：“妈妈，别老往坏的方面想，你知道墨菲定律吗？得往好的方面想！”经他这么一讲，我心里安稳了些。

全州是湘桂的交通枢纽，又是人口大县，春

节前的流动人口极多。除夕那天，距全州县城三十多公里的安和镇平岗村，两名返乡人员被确诊为“新冠肺炎”。消息一下子传开，大家的心都提了起来。

县公安局的除夕夜几乎在忙碌、紧张中度过。安和派出所所长唐志远来不及和家人团聚吃年夜饭，立即带领民警、辅警奔赴平岗村开展隔离封控和走访排查工作。平岗村有1000余人，加上确诊者回乡频繁走亲戚，还到别的村子吃过几次进火酒，人员核查摸排的复杂性和繁重性可想而知。唐志远的妻子是医务人员，在他奔赴抗“疫”一线的同时，妻子也回到岗位开展工作，年幼的孩子只能嘱托父母照看。大年初六凌晨，唐志远接到弟弟的电话：父亲突发急性脑梗正在医院抢救……此时的唐志远还在平岗村封控路段的简陋工作室里值守，忙于封控路段村民必备物资的运送和对确诊者接触人员的核实调查，他想马上赶回去看望父亲，然而他又不能——疫情防控战正处于关键期，派出所本就人手不够，大量的工作还需要去落实，此时离开无疑是动摇军心。这里也有他“自私”的想法，因他一直坚守疫区，接触人员复杂，也不知道携带病毒没有，如果此刻回去，他怕把病毒带给家人。这个被县局誉为“神枪手”的射击教练，一个铁塔般的硬汉子，他在一场又一场惊心动魄的生死抓捕中未曾皱过眉头，这是第一次体会到心急如焚是什么样的感觉。后来据他身边的人说他为这场战“疫”流过眼泪。说到底，警察也是血肉之躯，警服并不是“万事服”，警察并不是天生勇敢，只是因为他们背后有着想保护的人。万幸的是，唐志远的父亲经抢救之后脱离了生命危险。而此刻对他来说，最振奋人心的好消息莫过于，疫情没有在平岗村蔓延，没在全州传开。

翻翻微信朋友圈，便知道交通大队副大队长艳妮姑娘近日异常忙碌。交警也是离疫情最近的人，他们驻守在全县5个高速路口卡点和21个乡镇的临时体温检测站，不分昼夜，24小时轮流在卡点值勤，配合医护人员做好体温检测、筛查核查工作。白天还好，到晚上气温骤降至零度以下，桂北寂静的寒夜万籁俱寂、呵气成霜，这种身心的疲惫与苦累，一分一秒都是煎熬，根本无法用言语描述。多少个不眠不休的日夜，他们用心、用情、用笑容温暖着这个城市，用血肉之躯守住关口，筑起一道抗击病毒的铜墙铁壁，保护全县人民离病毒更远。除晒日常工作之外，艳妮姑娘的朋友圈也温馨满满，能如此安心一线执勤，这里头少不了家人的默默支持。在她外出值勤的日子里，女儿宅在家里熬粥、洗碗、煮面条、整理衣物、消毒杀菌，家务样样都搞定。她的父亲，一位退休的县领导，设法买来土鸡，割下鸡肉剁成她爱吃的鸡肉圆子，为她改善伙食，默默关怀、支持前方作战的艳妮姑娘。

看到身边的同事们都忙成了“加班狗”，我作为户籍警倒相对“清闲”起来。2月3日是公务员返岗的日子，如在往年，办证的群众早已汹涌而至。如今疫情严重，为避免群众聚集交叉感染，窗口单位暂时无法正常办公，只能接受预约办证。这些时日里，打喷嚏流鼻涕的感冒好了，令人担忧的潜伏期安全度过，我便戴上口罩断断续续接待了几位急着办事的群众。此时抗“疫”也进入最为关键的时期，身边的同事一直默默坚守岗位，履职尽责。为做好疫情防控核查，他们在电脑屏幕前紧张有序地收集防控数据，处理海量涉疫信息，忙得眼花缭乱，键盘敲打得手臂酸胀；为做好防疫宣传，他们冒着瑟瑟寒风在大街小巷穿梭，用警车和大喇叭在各村普及疫情防控常识，呼吁广大群众取消聚餐、聚赌；为减少人员聚集，在县城，民警每隔几小时就到酒店旅馆、KTV、酒吧、网吧等公共娱乐场所奔波检查、驱散人群，在乡镇，监管、劝阻农村白事简办的工作更是刻不容缓，而在传统习俗盛行的乡村，要说服一户村民白事从简，民警得说破嘴皮，费上老半天工夫，还要陪上几天的小心……警务工作群里的图片在更新，文字在刷新，战斗在继续，平凡感人的抗“疫”故事每天都在身边发生。

我尤其关注的，还有一位武汉警察。虽与他未曾谋面却神交已久，我拜读过他的作品，也向他负责编辑的杂志投过稿件。如今，在疫情最为严重的武汉，封城之后，我不知道他是否一切安好，又不好意思直接询问，只好默默关注他的朋友圈。1月29日，他的朋友圈有了更新，他说：战“疫”的“护城河”行动是从这里开始的，晚安，武汉！我猜他已经累得精疲力竭——这大概是夜以继日宣传写稿累的，也可能是连日执勤接连采访累的，又或是两者兼而有之。几天之后，他在朋友圈说：“我们需要走出这个无力的生活，在良心的源头上寻找一份心安。”同时晒出一首新诗《请记那些护住武汉伤口的人》：“如果你知道，给一座城市戴上口罩/曾是多么地紧要/留下来的900万人，离开的500万人/又是多么地小心翼翼/你就应该记住/那些护住武汉伤口的人……记住每一条走向春天的路/记住此时的寂静，悲壮，宽阔，凝神静气/记住它传递的温暖，汇聚的足音/记住这场生命的接力……”诗歌质朴自然，情感真挚，饱含悲悯大爱与赤子情怀，感人至深亦觉正能量满满。

在武汉，除医护人员之外，承受压力最大的就是警察。2月1日,武汉警方发出紧急动员令——医护人员不够，公安民警顶上。在中央电视台新闻联播里，我看到央视媒体记者拍摄到的感人瞬间，武汉警察穿上防护衣，戴上口罩和护目镜，用警车接送病人到医院就诊。警察不是医护人员，其中的风险可想而知，但是他们态度坚决：“为了群众的安危，再大的风险我们也要担！”这就是人民警察，无论他们身处何地，身处何境，永远都演绎着大道之行的忠贞，彰显着舍我其谁的血性。

“我的城市生病了，但是我们会治好它。”在这场看不见硝烟的战役中，要感谢那些最美逆行者，他们冲锋奋战在疫情防控最前线，用静默的姿态，用恪守良心的标准，用发现了困难便去解决困难的态度，用即使遇见死亡也会面对死亡的决心，竭尽全力将疾病王国的人送往健康王国。我不知道他们是谁，但我分明又知道他们是谁。他们是近在身边的白衣天使，是身着藏蓝色警服的人民警察，是所有抗“疫”一线的工作人员……他们其实都是普通人，有血有肉，有伤有痛，有情有义；此时此刻，他们是英雄，是天使，是心怀虔诚的战“疫”勇士，而促使他们义无反顾、勇往直前的不仅是命令，更是善良、自律，以及人性中的爱与美。

加缪说：“我并不期待人生可以过得很顺利，但我希望碰到人生难关的时候，自己可以是它的对手。”一场来势汹汹的疫情，把我们都拉入这场近在身边的可怕“战疫”中，从某种意义上说，我们都是它的对手与敌人。逆风行走的日子里，除了尽力保护好自己，更需要笃定的信念。“冬天从这里夺去的，春天会交还给你。”病毒在肆虐，而这人世间，总有一种美好会穿越黑暗到达彼岸，正如黎明终将战胜黑夜，春日的惠风终会温暖大地。

【作者简介】蒋珊珊，现供职于广西壮族自治区全州县公安局城西派出所。桂林市作家协会会员。

你将是我最美的新娘

文/韩秀媛

交警小蔺的庚子年春节是在忧虑和思念中度过的。

春节前，小蔺还忙里偷闲地往婚房跑，他要尽快结束装修的收尾工作。他将地板砖擦得锃亮，东西收拾得规规矩矩。他想，结婚后他要多承担一些家务，好让在医院忙碌了一天的妻子多些休息时间。

客厅、卧室、厨房、卫生间的设计风格素淡雅致、简单明快，都是他和未婚妻喜欢的。过了年，就能装家具和电器了。婚期商定在2020年的秋天，他要在那个收获的季节，迎娶他心爱的新娘。

未婚妻莹莹是市医院骨外科的一名护士，是医科大学护理专业本科毕业生，聪明好学的她，刚刚参加了哈尔滨医科大学研究生笔试。

新型冠状病毒感染的肺炎疫情来临时，在医院誓师大会上，已经是入党积极分子的莹莹作出一个勇敢的决定：主动请缨到重症病房，成为抗击疫情第一梯队的一员，去护理已经感染上新型冠状病毒的肺炎重症患者。这个父母的独生女、家里的乖乖女，没敢将这个决定亲口告诉远在外县的父母，直至春节期间母亲打不通电话时，小蔺才吞吞吐吐地说出实情。

其实，这世上的很多事情，而立之年的小蔺开始慢慢经历并有所感悟。十七年前的那场“非典”疫情发生时，他是一名初中生，他亲眼目睹了亲人的恐慌；十二年前的汶川地震发生时，他成了大学生，他更能感受到灾难带给人类的痛苦。可是这次疫情更加无情，那些肉眼看不见的病毒以武汉为集结点，通过春运潮水迅猛无情地涌向全国，扑向这片寒冷的、仍被白雪覆盖的黑土地。疫情消息像雪片一般漫天飞旋，让人头晕目眩。他每天用几乎麻木的双眼无数次地关注新闻中快速增长的确诊病例以及那些密密匝匝看病的人群，那些医护人员疲惫的神态，那一座座正在建设中的医院。全国的口罩告急、防护服告急！武汉在哭泣，湖北在流血，全中国的土地在战栗！

春节期间，小蔺的战友一天没休，全员上岗，24 小时不间断地巡逻、站岗，在卡口检查、拦截……战友们没有防护服、没有护目镜，在雪地和寒风中大口地吞咽着盒饭。令人痛心的是，新闻中不断传出战友倒在全国公安战线上的噩耗，作为一名从事文字综合工作的交通警察，小蔺那颗柔软的心时时会被戳中，并隐隐作痛。

心里最放不下的还是莹莹。医院誓师大会后，在大年三十儿的清晨，莹莹便踏入重症病房的隔离护理区，他和她都没有料想到会这么快地投入这场没有硝烟的战斗，他甚至没有做好短暂离别的心理准备，也没来得及抱抱她、亲亲她，在她耳边反复叮咛一番，他们只能在微信里互相鼓劲，依依惜别。

莹莹在农历 2019 年的最后一天，走入隔离区，穿上白色的防护服，成为照片中无数个相似而坚强的背影。她用无声的倔强和铿锵的誓言来迎接新年赋予她的巨大挑战，用轻柔娴熟的护理技术向患者传递战胜病魔的信心和决心，她用自己的生命为她二十八岁的青春岁月描绘上郑重的一撇一捺。

莹莹踏入重症病房的那一刻，小蔺便陷入了漫长的等待和思念之中。他从未觉得一天会这么长，夜会这么静、这么黑、这么冷。他想象着，凌晨时分从温暖的被窝里爬起来，穿上不透气的防护服的感觉；七八个小时不吃、不喝、不上厕所、穿成人纸尿裤的煎熬。他仿佛看到了心爱的人迈着轻快的脚步，在一遍又一遍查房中抬头看到窗外晨曦微暖露出的欣喜；他似乎感受到了，护目镜后那双坚毅而微笑的眼神带给患者的安慰和温暖。

他每天都掐算着时间，等待她换班后脱下防护服的第一个电话或者微信。疫情肆虐，身处被病毒包围的病房之中，一切都像浮尘一般轻飘无力，唯有一名白衣天使的职责和担当沉甸甸地压在肩头。当挑起生命的那一刻，什么都不重要了，只有病人尽快脱离危险，早日驱走疫情才是头等大事。一旦目睹并经历过生与死的考验，一个娇弱的女孩也将变得无比坚忍，而真正经历过磨难的人，才会知道，没有什么比平安更加重要，没有什么比健康更加珍贵，没有什么比活着让亲人更加感动。

在深夜，他时常会焦灼不安，他不能为她做些什么，只能一次又一次地隔着屏幕重复那些叮嘱。他不能为那些和她一样奋战在抗“疫”一线的医生、护士做些什么，只能默默地听从警令，维护好这座城市的交通秩序，保护好他们的家人，履行好一名交警的使命。

多日的黑白颠倒，莹莹身体不适，可还是强撑着坚持到下班。在视频中，小蔺心疼地触摸着手机屏幕，那满是胶原蛋白的面颊有了几道明显的沟痕，粉嘟嘟的小脸儿也变得苍白起来。他的眼睛有些模糊。

“等到战胜疫情，我做你的新娘。”小蔺的手机屏幕上弹出这样一句动情的话语。

“等到战胜疫情，你就是我最美的新娘。”小蔺站在新房用手机环扫着房间。

那一刻，他带着莹莹穿越了时空隧道，他与穿着洁白婚纱的她，相拥而舞。

【作者简介】韩秀媛，现供职于黑龙江省绥化市公安局。黑龙江省作家协会会员，全国公安文联理事会理事、散文分会副主任，中国散文学会会员。

透过玻璃凝视你

文/王向明

若是一切安好，年过完初五，城市便开始热闹起来了。返乡的回来了，喜庆的红灯笼还没摘下，到了中午或是晚上，路边的饭馆里三五成群，酒杯你来我往，欢声笑语中告诉人们，年还没有彻底结束。

今年，却截然不同，因为一场新型冠状病毒引发的疫情，让一切热闹和美好戛然而止。时间已经是正月初七，原本复工开业的日子，手机上的日历上依然显示“休假”。大街上车很少，人也不多，零零散散的，绝大多数人通过电视、网络以及派出所民警、社区干部的宣传，知道了疫情的严重，乖乖地躲在家里避风头。也有胆子大的，不但照常出去晃悠，甚至连口罩都不戴，总觉得电视里说的距离自己十万八千里，都是人家的事，轮不到自己头上。

人都闷在家里，纠纷少了，案件也少了，在派出所负责侦查破案的朱波却比以往更忙了。疫情确诊的人数一天比一天多，防控工作成了公安机关的重中之重。白天社区巡查，晚上轮班在重点疫区执勤，粗算下来，他有十几天没回家了。说没回家，也不太确切，因为他昨天刚回去一趟。不过，这家回得跟当特工一样，他把手拎袋放在家门口，门开个缝，里面的人把袋子拎进去，然后把一个大碗放在门口。袋子里是近一个礼拜的脏衣服，碗里盛的是刚出锅的羊肉汤。

疫情发生之前，对朱波来说，虽然值班、加班是家常便饭，但不管忙到多晚，家都是要回的。他最享受的，就是累了一天，回到家洗过热水澡往床上一躺，那个舒服劲儿，说不上来，反正就是美。现在有家不敢回，不是因为和老婆闹矛盾，用朱波自己的话说：我那个老婆，对我工作那个支持，没话说，家里大事小情都替我忙得好好的，别管我几点回去，都热汤热饭等着。可能是怕我不信，随手把办公桌上的两个小瓶子扒拉到我面前：这个是维 C，增强免疫力的；这瓶是护肝的，最近疫情防控白天黑夜连轴转，熬夜对肝不好，老婆专门买的。

说起老婆识大局，朱波既满足又得意：结婚前我就把预防针打好了，我是个警察，你选择嫁给我，就选择了嫁给我的职业。结婚这几年，妻子做得确实不错，就拿这次疫情防控来说，他这边没日没夜的在一线忙活，家里十几天看不见人，妻子不但没有半句埋怨，天天还三叮咛五嘱咐的，让他好好工作，做好防护。

朱波引起我兴趣的，不是工作的辛苦，也不是他妻子的不易。干警察的，哪个不辛苦；当警嫂的，哪个又容易？我专门找到他，是因为一张照片。照片里，朱波站在窗户外面，妻子抱着儿子站在窗户里面，一层玻璃把他们隔开，他在外面看着儿子，五个月大的小家伙在里面望着父亲。

朱波所在的派出所，地处城郊接合部，有农民自建房，也有拆迁安置房和商业开发小区。居住人员也比较复杂，有地道的老扬州人，也有租住在这儿的外来打工者，人员流动量一大，管理起来就比较复杂。农村人喜欢聚堆，张家长李家短，随便一扯就是一上午。疫情发生以来，刚开始人们还能按照政府的响应，安安稳稳待在家里，时间一长，有的人就不耐烦了，开始是一两个往外跑，后来是三五个。尤其是这几天，天清气朗，不少人跃跃欲试，有的索性在门口支起桌子打起了扑克。个别心存侥幸的棋牌室老板，为了多挣几个钱，偷偷摸摸开门营业。

这样的事，都要派出所管，该宣传的宣传，该警告的警告。每天要接触多少人，他不知道；这些人是不是潜在的病毒携带者，他也不知道。他说：疫情比抓人危险，嫌疑人手里有没有家伙，眼睛能判断个八九不离十；病毒看不见摸不着，不知道它在哪儿，警棍、手铐、辣椒水，虽然都在腰里别着，但都用不上，唯一的防护装备就是一副口罩。这场仗不好打，但必须打，警察要是都往后退，谁还敢往前冲！

朱波不敢回家，也是因为这场疫情。

前几天，辖区一名有武汉旅居史的居民被确诊为新型冠状病毒肺炎。周边的居民一下子紧张起来，同样紧张的，还有朱波。政府根据患者的活动轨迹寻找密切接触者，朱波一看，前几天巡查、处警，患者去过的好几个地方自己都去过。虽然每次都戴着口罩，也没有直接跟患者近距离接触，但他心里还是有点慌。他说，我自己怎么着都行，孩子才那么点，万一把病毒带回家……

朱波不敢想。打这以后，他开始把自己跟家人隔离。换洗的衣服不够了，就让妻子把衣服放在门口，隔着窗户、玻璃跟家里人说几句话。这一次回来，丈母娘心疼女婿，专门熬了一锅羊肉汤，想让这半个儿子增强点抵抗力。天有点冷，羊肉汤热气腾腾，朱波在门外吃，妻子抱着孩子在家里看得想掉泪。

朱波家住一楼，临走的时候，妻子拿着儿子的手跟他说再见，他走了几步，又折返回来，趴在玻璃外面做鬼脸逗小家伙开心。他做一个，小家伙笑一下；连续做几个，儿子能咯咯咯笑一串。要是没有这场疫情，他回家的第一件事，就是从老婆手里把孩子抢过来，胡子扎得小家伙笑成一串铜铃，就算是回去得晚儿子睡着了，也要握着孩子的手看上半天。

岳父老董对外孙子稀罕得不行，没事就喜欢拍张照片录段小视频，看见女婿和外孙子隔着窗户说话，“咔嚓”一声记录下了这个瞬间。朱波把照片发到朋友圈后，被朋友传到网上，画面虽然有点模糊，但还是看哭了很多人，我就是众多落泪网友中的一个。

对很多人来说，病毒有十四天潜伏期，过了这十四天，就安全了。但对警察来说，每天都要接触各种各样的人，每一天，都是一个十四天的开始。但朱波和他的战友们坚信，总有一天，疫情会过去，挡在他和亲人间的那层玻璃可以安全打开，重新享受一家人的团聚，重新开始一场青山绿水的远行！

【作者简介】 王向明，现供职于江苏省扬州市公安局。全国公安文联签约作家，中国报告文学学会会员，江苏省作家协会会员。

我那些“逆行”的兄弟

文/王东海

大年三十儿打扫干净了家里，备好年货，把橘子、苹果、花生摆在茶几上，只等着天黑过年了。傍晚8点多，妻子突然说，呀，刚看到微信，孔晨菲被召回单位上班了。和妻子关系很铁的一个派出所女民警叫孔晨菲。妻子说，孔晨菲下午还在微信群里说呢，她小儿子得了手足口病，晚上就被喊去加班了，真惨。

孔晨菲夫妇俩都是警察，丈夫陈飞在机关保卫大队。他们有两个儿子，大的八岁，小的十五个月。年前大儿子放寒假，就把两个孩子都送外婆家住着。大年三十儿下午2点，孔晨菲开车去父母家，本想接孩子回家过年，发现小儿子有点发热，嘴上都是泡。她拍了张照片发朋友圈，说不会得了手足口病吧。下午4点接到所里通知，召开紧急会议，孔晨菲嘱咐老人照顾孩子，自己则匆匆赶回去。下午5点会议结束，孩子的体温更高了，孔晨菲匆忙回家带着小儿子赶到儿童医院。医院给孩子测了一下体温，38.2摄氏度。一家人紧张起来，但细想最近也没跟武汉来丹的人接触过，应该只是一般感冒发烧，心又放下了，配好药把小儿子送回家，她又开车跑回派出所，从今晚开始，派出所全体民警要连夜走入社区开展排查核实工作。1 月 25 日上午，小儿子身上起了红疹，她又赶忙去医院，孩子被确诊为手足口病，重新配了药回家观察。疫情防控形势越来越严峻，孔晨菲就再也没有顾得上孩子，从大年三十儿开始就没有休息过。

大年初一，凌晨5点，我趁着天黑，开车到一栋居民楼下。虽然寒气袭人，但微弱的晨曦也挺暖人。五十多岁的老贡和唐主席早早到了。老贡说人老睡不着。我们三人一班，负责禁燃禁放的巡逻。早晨下起毛毛细雨，空气清冷。往北一公里外的乡镇，不属于禁放区，此刻正爆竹声声，听了心也揪着，这个年有点不安稳。

上午10点，赶到公安局，进入指挥大厅，参加视频连线紧急会议。公安部主导，各省汇报，气氛紧张。这才知道原来全国公安在昨晚全部开始行动。市局几个领导坐正中，一脸疲惫。秘书坐我旁边，欲哭无泪地说，当领导要先有个好身体啊，年前开展六项整治，接着走访慰问，天天连班儿转，本以为可以过个年了，年三十儿就开会，一个事儿接一个事儿，我一百五的身体也吃不消啦。

妻子是辅警，也被召回派出所值班了。中午她发来微信，说几个叔伯还要聚餐，按照往年惯例，各家轮流请客，从初一吃到初八，今年啥时候了还敢聚餐？可是说半天也没用，不去吧老人又怪罪。接着，几个小年轻开始在群里转发全国疫情新闻，企图说服老人，让他们知道“新冠肺炎”传染性挺强的。老人们仍不以为然。可是没过多久，政府宣布启动突发公共卫生事件一级响应，全市大大小小的馆子陆续都关停了，老人们开始警觉，都忙着去买口罩了。

局机关也要重新排班，除了指挥中心轮流值班，又加了一项新任务，机关民警都要被分到派出所协助排查。看来派出所是越来越忙了，人手也越来越不够用了。同事周鹏已经被“下放”到派出所了。我开玩笑说你真惨啊。周鹏说惨啥惨，连政治处副主任姜丹辉都跟着入户核查去了。姜丹辉去了中山路派出所，他妻子杨华英是和平桥派出所的社区民警。这样的双警家庭公安系统里有很多对呢。夫妻都在前线，孩子只好留家里给老人照看。杨华英分管的江南人家小区，发现2起确诊病例，小区群众一听，吓得门都闭得紧紧的。可杨华英还要与疾控中心、社区医院一起上门，妥善安置确诊患者，又妥善安置了确诊患者的宠物狗，每天还要再来小区，对曾有过密切接触的人测量体温，督促小区对进出人员和车辆管控，遇到嘴碎的老太太，还得戴着口罩、护目镜跟她不停地解释一万个为什么。光这个小区就有200多户，而杨华英管辖的片区，还有好多个小区呢。

1月26日晚，局里成立疫情防控指挥部，几个局领导按照核查处置、交通管控、护送看护、舆情应对、应急处置、内部保障定好分工，每人负责一块，同时发力，全方位防控疫情。1月27日，不同岗位的民警、辅警取消休假全部上岗，全市开始实施网格化、地毯式管理，除了公安，其他部门也加入疫情信息摸排、收集、报告和人员分散隔离工作中来，战友越来越多，队伍越来越大。到后来连社区大妈都加入进来了，群众的力量是无穷的，大街上发现湖北车牌立刻报警，网上不断有人爆料，这里发现武汉的车啦，隔壁家有人从武汉回来啦，都不放心地要求民警前去排查。110接警电话像炒热了的锅，民警的工作量也越来越大。群众已经被发动起来了，全民抗“疫”的热情扑向病毒。可紧张中也有轻松的时刻，有时群众一个电话，民警立刻排查，结果发现车主是本地人，他只是用了好几年湖北车牌。然后车主也打电话报警了，说求求你们别再来了，我不就用个湖北车牌嘛，天天有人问我。所有人都紧绷了神经，必须确保一人不漏，排查到位。否则，疏漏一个感染者，就会爆发成十个上百个新增感染者。所有人都在寻找着。

一边在寻找，一边在改进方法。丹阳有一百万人口，民警核查面临着数据量超大的问题，如何更好更快地处理数据，指导基层工作呢？听说兄弟单位都与阿里巴巴合作发挥数据先行的作用了。我们没有阿里巴巴，但我们有民警。1月29日下午，局里抽调了18名警力成立了一个“疫情防控数据战队”，运用公安大数据资源技术，处理各类数据12万余条，专门排查丹阳涉及疫区人员，逐一查明身份、确定位置，形成一线可以直接处置的数据库，从而有针对性地开展排查、核查。

从派出所回来，领导说，要多报道基层一线各岗位民警。我就打电话询问，哪知碰了一鼻子灰，大家都很忙，任务一大堆，哪还有空理我。我只好跑到一线看大家在干什么。实施交通管控后，全市在高速路口设置了5个防疫查控点，交警24小时开展车辆检查、人员排查，外控输入，内控扩散。河阳中队的郑宏宇，连续几天没回家了，唯一一次回家还是父亲打电话说便血了，他凌晨开车赶回家，接了父亲到医院检查，胃溃疡，开了药把父亲送回家，9点钟又来到高速路口。

而网络舆情也没闲着，越是乱越有人捣乱，微信、微博流言四起，一会儿传这个小区有人确诊啦，一会儿传那个小区有人确诊啦，大家人心惶惶的，也不知道谁说的是个真假。管网舆的民警 24 小时翻看手机，看得满眼通红，他说这辈子也没有像现在这样看过手机呢。发现情况就要立即联系市级指挥部，询问真实情况然后及时辟谣，保证信息天天公布。还有热心群众在网上举报，某乡镇有人在家聚众赌博。因为赌博隐蔽性很强，在自家房里开个麻将馆，外面还有人望风，一看警车来了就立即撤掉麻将桌，众人一哄而散，很难抓个现行。民警感叹，这些人都是赚钱不要命。民警们根据线索，换了便装，突然袭击，抓个现行，老板无法抵赖，个个被罚，还要微信公告，以此警示。又发现有人以购买口罩付款链接为手段在网上实施诈骗。一边要破案抓人，一边连夜在公安微信公众号提醒市民，注意疫情期间不被诈骗。我和基层一线应接不暇、忙乱疲惫的抗“疫”民警们战在一起、忙在一起，忽然发现在这有好人也有坏人的天底下，正义就像警车顶部的红蓝警灯，泾渭分明，而警察与邪恶的人性就像人类与疾病，永远在战争。

派出所也落实分餐了，而且是远距离不见面的分餐，每人打一份饭，自己找地方吃去，反正彼此不能见面。妻子发来一张派出所的就餐图片，五十七岁的民警老刘刚排查回来，端着一碗饭站在所里那辆装垃圾的三轮车旁津津有味地吃着呢，让人看了既好笑又心痛。可是特殊时期，也顾不上那么多了，简单吃一口，下午还要去排查呢，为了确保疫情稳控，要对全市所有人都走访排查到位。腿是已经走断了，老刘笑着说还能爬。刚结婚不久的民警，家里有几个月的小孩，为了预防传染，干脆晚上睡在所里，家也不回了。妻子说：“大家都不容易，哪有什么从天而降的英雄，只有穿着这身警服所以必须选择逆向而行的凡人。”

随着采访，我又听到一个真实的温情故事。1 月 29 日 20 时，后巷派出所接到群众报警，一个湖北籍男子在家里因病去世了。后经调查获悉，该男子早几年与妻子离异，平日与十岁大的女儿小芸暂住在此，两个月前男子被医院确诊为癌症晚期。父亲突然去世，年仅十岁、无依无靠的小女孩如何生活成为一大难题。后巷派出所民警周海忠出的警，发现问题了，就不能不管。因为女童是湖北籍，不确定她是否与其他湖北籍亲属有过接触，周海忠先给女孩测量体温、初步消毒，提供口罩、消毒纸巾，然后送后巷卫生院检查，确认身体健康后，再为她安排食宿，由女民警徐蕾陪护，在酒店住下。

民警王守国为女孩买来整套新衣新鞋新书包，几名辅警还送了一份爱心红包。1 月 30 日，派出所联系上女孩的母亲，其目前居住在江苏淮安，得知事故后希望尽快与女儿相聚。可当前抗击疫情形势严峻，各地实行交通管控，出行不便且有感染风险，派出所决定，安排一辆彻底消毒的车辆，由民警殷姿、丹北镇政府民政部门人员、飞达村委会人员，经过四个小时护送，终于让女孩与母亲相见。其实这是一个平凡得不能再平凡的故事，这样的故事每天都在派出所上演，即使在今天疫情蔓延的日子里，依然有迷路老人需要开车护送回到家里，有夫妻吵架寻死觅活需要劝解和好，有家中被盗需要取证抓捕，有非正常死亡需要奔赴现场勘查检验……全国人民都可以躲在家里，但只要 110 响起，无论哪里，警察都要立即奔去。前年刚毕业的小民警傅金炎今天主班，平时嘻嘻哈哈无忧无虑的，我总喊他“傅二愣子”。我对他说你防护好点，别太大意，万一感染上不得了。小傅说，感染上正好，你可以给我写本书了。说完他又钻进警车，出警去了。是呀，我们从未畏惧，疫情在警察眼里，根本不算什么。从派出所出来，我一路琢磨，写出几句诗来，如果这也算诗，那就让这笨拙的诗赞美一下我身边所有的“逆行者”吧。

“这不算什么/面对号角回响响彻天地，这不算什么/面对四面八方颗颗爱心汩汩涓流，这不算什么/面对平凡背影选择逆行勇敢冲锋，这不算什么/面对夫妻送别奔赴一线泪水滚烫，这不算什么/面对共同名字共同热血共同信仰共同梦想，这不算什么/面对危险留给自己平安赠与他人口罩上方那双清澈的眼睛，这不算什么/面对风雨无阻笃定前行，这不算什么/面对春回大地繁花怒放，这不算什么/面对穿透云层露出笑脸带着心跳照亮世界的第一道晨光，这不算什么。”

【作者简介】王东海，现供职于江苏省镇江市丹阳公安局。中国作家协会会员。

本色逆行

文/张玉波

庚子之春的脚步，有些孱弱，也有些艰难。这个春天，没有火树银花的步履轻盈，没有锣鼓喧腾的热情洋溢，一种新型冠状病毒来势汹汹，到处都弥漫着它的阴霾，到处都充斥着对生命的威胁。

一场阻击战就这么被触发，医生、警察、抢险救援者、社区工作者、政府部门人员，还有那些志愿者，他们迎着危险而上，成为最美的“逆行者”。这个春天，祖国的山川河流都被他们的热情召唤，祖国的每一片土地都有他们庇护的身影，祖国的上空到处都飘扬着不屈的勇气。

在这支队伍中，警察这个行业成了“逆行”最广泛的群体，在城市、在乡村、在疫情检测站，在列车、公路、大街小巷里，到处都有他们坚守的身影。

由于使命使然，他们在最初加入警察队伍时就选择了遇到灾害、危险、困难时，必须义无反顾，迎难而上，他们已经把出征作为平常事，见怪不怪，遇到突如其来的危险，他们就会自然而然地挺身而出，显得那么从容，那么果敢，甚至是那么豁达乐观。

俞军山是新疆木垒县的一名交警，前不久因为工作原因腰部受伤，正在住院治疗，疫情来袭，他就再也待不住了，他对身怀六甲的妻子王婷说：“我怎么感觉，我的病在工作岗位上会恢复得更快一些呢？”

妻子忍不住笑出了声，随即她的眼眶里溢出了心疼的泪水。作为警察的妻子，她心里十分清楚，这个有责任、有担当的男人就是想快点回到自己的工作岗位上去。

虽然有一万个不愿意，但她知道自己就是有九头牛也拉不回他。所以，她干脆没有说什么阻挠的话，她理解丈夫，支持他的决定。她默默地为丈夫办理了出院手续，备足康复药品。

俞军山隐忍着腰部的隐隐作痛，叮嘱几句怀有身孕的妻子，依依不舍地告别妻子，投入抗击疫情的阻击战。

谁能想到，妻子王婷是医护人员，医院工作任务也比较重，人手紧缺。等到丈夫走了，怀孕九个月的妻子，也拖着瘦小单薄的身体，去医院穿戴防护服，按照安排到各个病房为病人逐一进行体温检测登记，每天都忙碌到深夜。

这是怎样一对夫妻啊，他们有充足的理由可以宅在家里，但他们还是默默无闻地选择了工作岗位，没有壮怀激烈，没有悲天悯人。也许有些人没有办法理解他们，会说他们傻气，但作为警察和医护人员的他们，在突如其来的疫情面前，双双选择的是“逆行”。

警医夫妻，最美逆行。

最近乌鲁木齐有一位“90 后”的交警在网络上很火，到现在我们都不知道他叫什么名字，从他晒出来的照片上看，他足有一米八几的个头，他在检查站认真地检查着过往的车辆，一一给驾驶员回敬一个标准的军礼。

在他晒出的照片下方有一段文字，这样写道：那年“非典”的我五岁，今年我二十三岁，那时全世界保护“90 后”，这次换“90 后”保护全世界。

虽然照片里的他戴着口罩，我们看不到他的脸庞，但看到他明亮的大眼睛，流露着稚气，说明他还是个孩子。再仔细一看，他的眼睛里分明透着一种坚毅，使你能感受到他是一名战士，一名冲锋陷阵的战士。

曾经有人说，“90 后”大多是独生子女，是在蜜罐子里长大的，是垮掉的一代。但你看到这个“90后”交警，还会这样认为吗？

时光在变迁，但责任传承始终不变；呵护的对象在变，但承诺始终不变。

一张小小的照片显示着责任、果敢、担当，是“90后”们最细腻而丰富的情感，我们从他们身上看到了希望，我们感到欣慰，我们不由得为他们拥有这样的青春加油点赞。

“所长，我有一个请求，请派我到一线去！”1月31日，新疆巴州公安局交警支队车管所退休老民警阿里木江·依米提拨通所长办公室电话，请战疫情前线。

“老阿，你已经退休了，现在是春节假期，你就休息吧。”所长回答道。

“我是一名党员，干了一辈子公安，在现在这么紧急的情况下，我在家待不住，我想做点事，为单位分点忧，请您同意。”阿里木江再三请求。

经不住阿力木江的请战，所长请示上级后，同意阿里木江去和库高速公路交警大队协助工作，阿里木江激动地说：“一定完成任务！”

阿里木江作为一名军转干部，有着二十八年党龄，他喜欢交警这份职业，是和库高速公路通车后的第一批交警，他和这条公路已经结下了不解之缘。2017年从交警岗位退休后，他经常来支队帮助工作，是一个闲不住的人。在抗击疫情的阻击战中，正是用人之际，曾作为军人和警察的他，怎么会蜗居在家里呢？

就这样，阿里木江兴冲冲地投入到紧张有序的工作中。他斗志昂扬、热情高涨、身姿矫健地前后忙碌着，丝毫不输年轻人。

熟练的业务，热情周到的服务，受到过往司机的高度褒扬。一天，他接到报警，一辆拉运抗“疫”物资的大货车发生故障，无法前行。他一边出警赶往现场，一边拨通修理厂电话，要求他们用最快的速度赶来帮助解决问题。在他高效、果断的指挥下，问题迅速得以解决。就这样，他像一个拼命三郎，每天都工作到很晚，在同志们的再三劝说下才会下班。

这就是一名老警察的职业情怀，也是他一生永不停歇的孜孜追求。

这样的故事在公安队伍中比比皆是。这场突发疫情，给全国都带来了极其严峻的考验，更需要全社会风雨同舟。每一位民警、辅警都义不容辞地投入到防疫一线。他们能够勇敢接受这些接二连三的挑战，是因为他们知道“平安”二字意义非凡。为确保社会大局和谐稳定，确保人民群众安宁、幸福、平安、健康。公安，必须在一线。

生命是宝贵的，为了国家和人民的生命财产安全，警察这支队伍毅然决然地选择了逆行，这种逆行，不是一个人，也不是几十个人、几千人、几万个人，而是公安队伍整个群体。

忠诚是警察的职业本色，英雄主义是警察的职业情结。在每一次灾害面前，由于使命使然，他们都义无反顾地选择逆行，明知山有虎，偏向虎山行，彰显出一种自然而然的英雄本色。

他们的职业本色从来都不是一句空话，它意味着出击和坚守，奉献和牺牲。正是因为他们习惯了自己的本色，他们才能在轻描淡写间铁肩担道义，始终砥砺前行。

记得一本书里说：生命，岂能如雪，悄悄地来，又倏然地消融。生命，应是冰雪覆盖下的一江洪流，奔腾出一段壮丽的行程。

每一个警察都是我们生命长河里的一朵微不足道的浪花，在这场没有硝烟的战争面前，他们每一个人的“身影”里都有着或多或少的感人故事，值得我们热泪盈眶。他们与其他职业的勇士们一起努力，在祖国这段特殊的日子里共同奔腾着一段壮丽的行程。

本色逆行，真心英雄！

【作者简介】张玉波，现供职于新疆维吾尔自治区公安厅。中国散文家协会理事，全国公安文联理事、书协副秘书长、签约作家，新疆维吾尔自治区文联全委会委员、作家协会会员，新疆公安文联主席。

重“疫”下的血色木棉

文/夏晓露

1月、2月、3月，无缘见到武汉的寒梅、樱花。

9月，曾站在黄鹤楼上，看过烟波浩瀚的汉水和长江，像母亲柔韧的脐带自天而降环绕着她，滋养着这里的万物。那时，曾对她盛开的春天产生无尽向往，却一直没能实现。

一场猝不及防的“新冠病毒”成为2020年之冬之春最彻骨的痛。然而，“黄鹤楼中吹玉笛，江城五月落梅花”仍然牵挂着一颗向往的心。

2月，岭南的木棉花静悄悄地次第盛开了，一点、一朵、一片、一蓬、二蓬开得红红火火。耸入云端的枝条上，坚硬的骨朵破茧而出。远远看，像一蓬蓬巨大的火炬，霸气而傲骄地“燃烧”在珠江两岸大街小巷，仿佛预示我们将向这场猝不及防的新冠病毒最后宣战；向国之殇告别；向江湖雄风的武汉送去一份火红的慰藉。

木棉花是春天最暖心的告白，更是见证英雄的忠诚之花。此时，异常想念武汉的梅花和樱花，她们一定会在岭南木棉的感召下，勇敢、繁华地盛开起来。想必到时，她们的英姿会盖过世间所有。

灾难之时，《西风颂》不知安抚了多少绝境中的人们，像春天的风吹着：“让预言的喇叭通过我的嘴巴，把昏睡的大地唤醒吧！哦，西风啊，如果冬天来了，春天还会远吗？”

春天，万物复苏、绝处逢生。

梅花，傲然寒冬；木棉，唱响英雄赞歌。

立春已过，眼前的木棉已盛开，而在遥远的武汉，我期待那一簇簇樱花击节盛开。

一

在这个春暖花开的季节，看到白衣天使雪雕般穿梭在方舱的身影让我为之感动流泪，而在我采写警队抗“疫”新闻稿的日日夜夜，我们的警队也出现了一个又一个顽强奋战在抗“疫”一线的蓝色身影。仅广东公安队伍中就有 5 人牺牲，因公受伤 93 人。

在这长长的名单中，出现了他的名字——冯智敏。当我接到写他的报道任务时，他正在医院抢救，生死未卜。

我的心又一次痛着，泪水模糊了双眼。仰望苍穹，这个春天如此蔚蓝，云如此洁白。如果没有蓝天，用什么去承载白云？如果没有花儿盛开，用什么去裁定春天？如果没有深情地爱过脚下的土地，如何懂得无私无畏与春秋使命？如何感受如春的温暖？

冯智敏出生在这个叫东源的小县城，已经历了 44 个春秋。东源位于粤东河源境内，有碧波荡漾的万绿湖环绕。2 月，山上山下都是木棉树，花蕾已站立枝头。他对木棉有着火一样的深情。

如今，人们只要看到花，就想起春天；冯智敏一看到木棉却会想起武汉的梅花和樱花，想起肩负的责任。冯智敏知道，在疫情阻击战中，他作为双江镇派出所所长能做什么？父老乡亲的喜怒哀乐、健康安宁不就等着我们一身警服、一寸丹心去守护？

向往春天、安宁、健康……这是当下人们的一种情结，更是警察永远的情怀。

在这场疫情阻击战中，我们公安队伍有许许多多战友勇敢喋血、身负重伤，甚至牺牲。他们的鲜血染红了祖国的土地，染红了盛开的木棉，而冯智敏是他们中的一个，亦如血色木棉。

在这场疫情阻击战中，他的内心升腾起一种力量。他所在的双江镇，双江仿佛正与武汉的长江、汉江交汇，水乳交融。无论哪条经络都流动着如水的血脉；无论流经哪块土地都有春天，梅花、樱花、木棉花交相辉映。他一直期待这样的春暖花开。

二

当他从麻醉中醒来，又一次看到窗外木棉花抽出火红的蓓蕾，妻子在病房依偎着他，他们感觉到了春天的暖意。

2 月 10 日，深夜，手术室青白的灯显得特别明亮，手术在紧张地进行。术中病人让医生们由衷敬佩。当晚 7 点，病人送来；8 点麻醉；9 点开始手术。时间在一分一秒走动……

手术室的灯从晚上 9 点一直亮着。三个多小时后，灯灭了。病人被从手术室推了出来，蓝色警服的一角和闪亮的肩章还露在白色被子一角。

这并不是新型冠状病毒肺炎病人的手术，而是一名警察在抗“疫”一线身负重伤被抢救的情景。

“好险！刀尖已经穿透左太阳穴上额骨头，进去近 7 毫米，差一点刺破骨膜，再晚点来，可能有生命危险……”医生摘下口罩说。

命悬一线，常常用在公安民警身上，但冯智敏没想到，这个词，在这场抗“疫”阻击战中离他如此近，近在 7 毫米的距离，死神与他近在咫尺。

那些天，广州小雨。木棉在窗外依然绽放着。我用带泪的笔写下这篇抗“疫”故事。

三

1 月 24 日除夕这天，冯智敏在派出所忙里忙外，排查防控疫情、治安巡逻……他要周旋于方圆 120 多平方公里的小镇，虽然人口不到 2 万人，却是新丰江库区移民镇，人员情况复杂，疫情期间更要注意防控。晚上，老婆带着女儿到所里与大家一起吃年夜饭。所里许多民警与他一样回不了家，家属就一起在派出所团圆。民警家属、子女都会异口同声说习惯了。

这种习惯了，包含了太多的内容，比如无奈、比如忠贞、比如爱与挚爱。

2020 年伊始，注定冯智敏的“习惯了”多了更重的砝码。他感受到疫情的严酷。他知道没有硝烟的疫情防控阻击战，最是考验人的关键，这是生死大考。冯智敏早已是箭在弦上，亦守亦攻。

2 月的南粤，春寒料峭。

2 月 9 日早晨 6 点天还没亮，冯智敏就已经起来了。昨天，全国新增确诊病例 2656 例，新增死亡 89 例。病毒的蔓延就像潜藏在黑暗中的不法之徒，随时随地兴风作浪。

冯智敏想，小镇虽小却五脏俱全，绝不能成为病毒蔓延的缺口。病毒的存在就是一种隐形的威胁，当它在暗处猖獗时，我们的生命往往猝不及防。一个人，并不需要有惊天动地的力量，而是在关键时刻坚定地做应该做的，以无声的力量在疫情“后方”驰援。他与他的派出所民警们就这样担负着应该和必须担负的职责。

昨晚忙到凌晨 1 点多才回到派出所宿舍休息，他用冷水洗了把脸，双眼充满血丝。7 点左右，冯智敏照例在工作开始前给妻子打了一个电话：“老婆，我们今天疫情防控正是关键时期，家里又让你操心了。”

“你放心，家里有我。注意身体啊。”电话另一头妻子的温柔细语让他心怀内疚。疫情期间，他们又是十多天见不了面，冯智敏每天早晨或晚上都要抽空同妻子通一个电话，最近多了互报健康状况。

这几天，东源天气特别冷。通完电话，冯智敏穿上警用棉执勤服，戴好口罩和执勤装备。9 点左右，他带领所里几名民警和辅警，已在检查卡点执勤。

阴冷的寒风吹着。河两岸杨柳青青，小叶榕一树华盖，浓绿如荫。他心中涌出无限感慨，守护好这个绿水青山的珠江三角洲“后花园”，责任重于泰山。

人说刀光剑影，是警察的工作环境。双江镇多为客家人，这里虽然民风朴实，可冯智敏要处理那些“鸡毛蒜皮”的事却也是多如牛毛。刀光剑影的日子并不多。

此时，冯智敏接到居委会干部的电话，这两天有个叫林某的在街上到处走，不听劝、不戴口罩。他一听，事情来了。

在检查站站了几个小时，腿脚已经有些麻了，口也干了。那边电话又打来让他赶紧到林某家处理。

将近中午时分，他立马带人赶去林某家中了解情况。白墙灰瓦的客家风格建筑，二层楼。进去后，林某家人说，林某在二楼。冯智敏带三个人到二楼找到林某，意欲做其工作，告知他不要出门……就在冯智敏与林某交谈的一瞬间，不料，林某突然拿出一把 15 厘米长的水果刀追砍民警、辅警，还有他的家人。情况突然，冯智敏毅然挡在众人前面。

他面前的林某身高足有 1.80 米，估计体重也有 200 多斤。冯智敏身高1.69米、体重120斤，赤手空拳。他自知面对这个相差悬殊的体魄，他处于劣势。林某手里挥舞水果刀冲了过来，冯智敏感到胸膛紧迫的威胁，“刀光剑影”从脑海中闪过。这种威胁首先来自生命本能，但当威胁像“病毒”蔓延，侵犯到他身边的人时，这种威胁在加码扩大，保护自我的意识只能退位，这也是一种本能。

面前这个如“庞然大物”般的林某，却疑似间歇性精神病发作。冯智敏进退两难。精神病患者异于常人思维，是生活在“另一个世界的异族”。冯智敏知道，从心理角度，林某应该是突发性妄想症。当感到自己的思想、行动、情绪……受到外力影响，就会处在恐慌中，不惜侵犯他人来“自卫”。

此时此刻，冯智敏来不及多想，自己经历的是常人与非常人的智力较量与体力挑战。唯一的办法就是：快速夺刀。刀握在自己手里，身边的群众才能安全。此时，不禁让人联想到电影《荒野猎人》中灰熊与人的搏斗镜头。林某仿佛片中狂暴的熊，持刀疯狂向他的目标冯智敏攻击。刀划过冯智敏的手掌、手指头，血顺着他的袖子往下流，警服也被划烂，棉花露了出来。没人知道冯智敏当时有多疼，但都知道冯智敏没有放弃。

搏斗、夺刀在一分一秒进行……

如果面对的是犯罪分子那还好办，可以采取法律手段将其制伏。但对林某不行，既要保护他身后的人，还不能伤害到林某。一种反常的“自卫”与防卫在继续对峙。冯智敏突然感到头部一阵剧痛，刀插向了他的左太阳穴上方的额头，但他仍紧紧地抱住“庞然大物”林某不放。最后，在同事协助下将其制伏。

就在送医院抢救时，刀尖还一直插在冯智敏的额头上……

四

手术近三个小时后，医生长嘘一口气：“很幸运，这个尖刀虽然刺穿了颅骨，但刚好达到颅骨的内表面，还没有刺破硬脑膜，所以脑膜下的这些血管没有受到损伤。”医生这段专业的表述，让在场的同事将一颗悬着的心放了下来。他的妻子听到“很幸运”三个字时，眼泪顿时夺眶而出……

新型冠状病毒疫情让人们陷入恐慌，作为一名派出所所长妻子，她清楚地知道丈夫身处的环境，不仅要与违法犯罪作斗争，还要面对面与疫情、与病毒进行挑战，这就意味着感染的危险仅次于一线医护人员。

她每天都处在担忧中，他们每天都会通会电话，这样她才能睡着觉。

以命相搏，意味着是什么？不是每个人面对生命危险都能做到的。“运气”又是什么？也许，是一种自身磁场产生的生命密码，无法解释其中的玄妙。处于劣势的冯智敏最终还是制伏了狂暴的林某，也在有惊有险中保住了性命……只有冯智敏自己知道，他体内产生的能量来自哪里。反正，冯智敏的壮举让人心生敬畏和肃然起敬。或许是因为执着构筑他的生命密码，而执着来源于他在从警生涯中摸爬滚打出来的意志、信仰、誓言、爱……

我们从这场生死搏斗中体会到一种用生命燃起的火花，是一种无畏生死的力量聚集。

当我打开手机，搜索广东疫情板块地图，截至冯智敏受伤之日，他的辖区内无一人感染“新冠病毒”。那几日，冯智敏抗“疫”受重伤的消息被报道，亦如纷飞的木棉花传递着火热的信息。在《人民日报》网络客户端，点击率近 10 万……

冯智敏躺在神经外科东区 21 号床上，头上、双手都是白花花的绷带。窗外，一缕阳光从树冠漏下金色的光。

那天，我拨通了冯智敏妻子的手机，他的妻子是当地中学毕业班老师。他们的故事还在延续：

“阿敏，这下我可以和你多待几天了。”老婆的话听得冯智敏心酸，仿佛上天“赐”给了他们一次最长的相聚。

“对不起啊老婆。不过，我命大，你放心。只要你们娘俩好好的，我也就放心了。这次疫情国家有难，警察更加要一马当先，为国分忧……”

妻子哽咽着说：“最大的遗憾，是我们见面时间太少了、真的太少了……”

他们抬头看着医院院内一棵高大的木棉树，树枝上开了十多朵红色的花蕾。

“今年木棉花开得好早啊……”他妻子说。

冯智敏轻轻地闭起双眸，在灵魂的静默处祈祷：“是啊，春天来了。武汉的樱花应该开了……”

我想，冯智敏和我们所有人一样，期待着梅花、樱花、木棉花交相辉映。

【作者简介】夏晓露，现供职于广东省公安厅新闻中心。中国作家协会会员。

“疫”空中最亮的星

——记录哈尔滨市公安局道里分局民警的抗“疫”凡事

文/杜琳

2020 年 1 月 26 日，大年初二，这是郭兆勇在温泉酒店的第三天。

这个时间他自己坐在酒店一楼大厅，守着门口。今天酒店过分的安静，这让他有些说不出的烦躁，抓了抓蓬乱的头发，拿起水杯刚准备喝一口，却碰到了脸上戴着的口罩，杯里的水哗啦一下洒到了他的身上，他懊恼地把身上的水擦干，将身体沉沉地靠在椅背上，看着门外阴霾的天，微微眯起了眼，心里数着：1……2……3……4。

4 个。昨天，在温泉酒店被隔离的 11 名人员里有 4 名被测量出高烧，所有人都知道这时候的高烧意味着什么，这场战“疫”，已经打响。

这也是在他从警十几年里，头一回感觉到害怕，面对穷凶极恶的杀人狂魔他不曾怕；面对诡计多端的诈骗团伙他不曾怕；可这一次，面对看不见的疫情，他担忧了，不仅为他自己担忧，也为他这次共同执行此次隔离任务的另外八个兄弟和酒店里所有人的健康担忧。

郭兆勇是大年三十儿接到通知的，那时候他刚带着妻子到老妈家准备做年夜饭。虽然这些年太多次的突然离开，母亲已经习惯了，但她还是忍不住问上一句：吃了饭再走吧？看着母亲和妻子担忧的眼神，郭兆勇心里一酸，却还是笑了笑安慰她们：没事，你们先吃，我晚点就回来。

疫情就是警情，防控就是责任。他被组织任命为这次疫情防控隔离任务第一小组的组长，负责看护11名隔离人员。

确定任务后，郭兆勇带着其余八个兄弟第一时间奔赴隔离点，那时候的他还没担忧过，他这个人最大的特点就是温和沉稳，这可能也是领导们选他任组长的原因。在前往隔离点的车上，他快速看了一眼八位战友，虽然在不同单位，来自不同警种，但好在也都熟识，每个人的个性特长他都或多或少了解一二，脑子里快速闪过几个方案后，他心里算是有了个谱。

刚一下车，就听到了酒店内激烈的争吵声。闹事?！斗殴?！所有人都迅速警觉起来，刚要进门，就听有一个女声高喊：“别吵了别吵了，警察来了！”所有人的目光都集中在刚进来的九个身影上。

“警察同志，正好你们来了，你们来评评理，这大过年的，凭什么把我们圈在这里，我们又没有犯法！我们都是好公民！”一个四十岁左右的壮汉率先打破了宁静，上前来一副不讨到说法誓不罢休的架势。

“对呀对呀，我们要出去！要自由！”一见有人打了头阵，其余人也马上跟着附和起来，酒店大厅又恢复了最开始的吵闹。

“请冷静一下。首先，麻烦大家一定把口罩佩戴好，现在是特殊时期，我们有义务保证你们的身体健康，现在疫情有多严重，大家应该心里也清楚……”郭兆勇的话还没说完，便被情绪激动的壮汉打断了：“大年三十儿被你们圈起来！你们这是限制人身自由！”壮汉一张圆脸涨得通红，额头上青筋若隐若现，脖子抻长了大声喊着，食指指了一圈，最后落在郭兆勇的面前。“除夕夜诶！家回不去！门不给出！困在这里我们想热闹热闹，要副麻将都不行吗？”

郭兆勇听到“麻将”两个字，差点气乐了。他知道现在隔离人员的情绪都十分糟糕，说什么都听不进去，这时候“硬来”是肯定没用了，只能“软语”相劝试试看了：“大哥，先消消气。你知道隔离你们是为了什么吗？”

“怕我们有病，传染给别人。”壮汉没好气地回答。

有戏！这大哥也是了解一些情况的。郭兆勇赶紧接上话：“对，也不全对。我们怕的是病毒聚集性传播，而打麻将就是聚集性传播的一种方式。吃饭都让你们自己在自己房间吃，就是这个原因，那你说，我们还会为你提供麻将吗？是命要紧？还是玩要紧？”郭兆勇解释道。

听到这么一句，壮汉一时不知道说什么了，命当然是最要紧的了。郭兆勇一看大家的情绪缓和了许多，马上又说道：“今天是除夕夜，我们非常理解大家的心情，因为我们不仅是警察，同样也是儿子、父亲、丈夫，接到任务我们就直奔咱这儿了，谁不想回家过年哪！但是疫情挺过去，咱们就还有无数个年，疫情过不去，说不定就是最后一个年。你们说，是不是这个道理？”

听了他的话，这些隔离人员也都陆续回到自己的房间。这场小风波过去后，虽然事情不大，但还是让郭兆勇感觉到了问题的严重性，他能理解这些隔离人员过年不能回家的心情，但他能做的就是第一时间开会、分工、严防死守，确保所有人能平安解除隔离。他立即安排九个人 24 小时轮值，年纪稍大些的同志安排在前半夜，年轻同志安排在后半夜，一人两个小时在一楼大厅值班，还要一个人在五楼不定点进行监控巡控，绝不能让任何一名同志在隔离期限内离开酒店。

大年初一。

温泉酒店第一个夜晚顺利地度过了。卫生所的两位同志一大早就拿着红外线测温仪开始对温泉酒店所有人的体温进行测量、登记。郭兆勇刚测完体温，就听到酒店里一阵骚动。以为又出现了昨天晚上的情况，他第一时间冲了出去，眼前的一幕却让他傻眼了。

“502 房有人发烧了。”

晴天霹雳！这才过了一个晚上而已啊！

“刚测量 11 名隔离人员，有 4 名已经发烧！必须马上送到医院！”

郭兆勇立即拿起对讲机呼叫楼上巡控的同志，要求大家务必提高警觉，通过监控观察被隔离人员动向，出现问题立即报告。4 例发烧人员还不知结果如何，所有人已经开始对疫情有恐慌情绪，在这种情况下，被隔离人员很容易做出过激举动，现在开始全体组员要牢记：谁慌，我们都不能慌！谁退，我们都不能退！再遇到游客，记得舒缓他们的情绪，不能病还没来，先把自己吓倒。

果然，他的忧虑是对的。当救护车赶来的时候，原本在远处盯着的一名女士突然追着医护人员就冲了出来，嘴里喊着：“我可怎么办啊！警官、医生，麻烦救救我老公，我孩子还这么小呢，怎么办啊，如果真是这病毒，我老公能被治好吗？我的孩子会不会也感染了啊……”正在一楼值班的民警钱阔一把拉住了她，可能心里过于害怕和紧张，这名女士一直在用力地挣扎着，哭喊着。把整个酒店的情绪都带到了最低点。

“冷静些，姐！您爱人只是发烧，要检测以后才能知道结果！您别担心！”似乎被这位年轻民警朴实的话语安慰到了，这名女士不再挣扎，哭声也小了一些。“您只要戴好口罩，不要出门，勤洗手，检测结果没问题的话应该明天就回来了。放心吧！”

这时候郭兆勇也赶紧下了楼，看到钱阔，鼓励地拍了拍他的肩膀，却发现他脸色煞白。“怎么了？脸色怎么这么不好？”

“没事儿，郭队，老毛病了，心脏不太好。晚上没休息好，再加上刚才突发这个情况……缓一缓就没事了。”他努力咧嘴挤出一个笑脸，让自己尽量看起来是没事儿的样子。

看着这样的小战友，郭兆勇明白自己的组员关键时刻都是挺身向前的真汉子，马上召集大家开会。

“现在的情况大家也都清楚，这么紧急召集大家开会，是因为分局领导最初的想法是我们第一组在隔离点工作三日后，由其他组接替，但由于今天白天有 4 名被隔离人员发烧，我们必须做最坏的打算。所以，我希望咱们小组成立一个战时临时党支部，继续坚持到这 11 名人员隔离期结束，让党旗在我们抗“疫”防控第一线上也能高高飘扬，这样也能保证其他同志的安全以及我们家人的安全。大家同意吗？”郭兆勇开门见山地将想法表达出来。话音刚落，就响起了热烈的掌声，所有人一致同意的那一刻，郭兆勇的眼眶湿润了。

在庚子年第一天的夜里，大部分人都还在家中庆祝团圆时，道里分局疫情防控第一小组的九名战士向分局党组递交了签着郭兆勇、徐晓铭、钱阔、王策、焦雨振、贾彦峰、袁海龙、卢鹏、李磊九个名字的请战书！

“好消息！昨天咱们送到医院的 4 名游客，已经有 3 人检测结果出来了，阴性，只是普通感冒，一会儿就能回来了。”卫生所的同志激动地和大家分享这个好消息。

正在一楼值班的郭兆勇一下子从椅子上跳了起来，激动地笑：“好人一生平安啊！”下一秒，他又不解地问道：“诶？还有一名游客检测结果呢？”卫生所的同志翻着手里的登记簿：“啊，还有一名检测结果没出来呢，可能一会儿就出来了，也可能还得等一天。”

“那这算个坏消息啊。我看看，剩下的一个游客是谁？”郭兆勇又皱起了眉头。

“就是那个情绪比较不好的那位女士的老公，您还有印象吗——大年三十儿那天晚上，不讲理还要玩麻将的大哥。”卫生所的同志想了想，找了个应该是最容易让人回忆起来的形容词。郭兆勇叹了口气，看着窗外阴沉沉的天，又坐回了椅子上，继续值守、等待。

大年初三，无新增发烧人员，留医院检测人员仍未归。

……

大年初四，无新增发烧人员，留医院检测人员仍未归。

……

大年初五。

“这是第五天了啊。”郭兆勇看着窗外，五天里他只睡了十几个小时，闭上眼梦里都是医院、酒店、防护服、口罩……

“回来了！回来了！他没事！他没事！”整个酒店都仿佛被欢呼声摇晃了，所有人都戴着口罩打开了门，像是迎接一个刚与魔鬼斗争胜利的幸运儿。

急忙赶来的郭兆勇看到终于团圆的一家三口紧紧地抱在一起，一直悬在嗓子眼的那颗心终于放下了。看着眼前这温馨的一幕，他也思念起了自己的家人，打开微信，在“相亲相爱的一家人”群里，发了一个微笑的表情。这是他多年从警的一个习惯，想家了就发个表情，说多说少都怕家里担心，一个微笑，刚好，勿念。

那位曾经顶撞防疫人员的壮汉，经过这五天刻骨铭心的“历练”也明白了许多，在看到郭兆勇的那一刻，他想说些道歉的话，却不知如何开口，嗯嗯啊啊了半天，最后抬起右臂，敬了个看起来有些不伦不类却又无比认真的礼！

郭兆勇终于笑了，原地军姿立定，回了一个庄严又标准的礼！

正月十六，是道里分局抗“疫”防控先锋们守护的第一批隔离人员解除隔离的日子，在把所有隔离人员送上车后，这个“年”在这一天就算已经过去了，郭兆勇和他的战友们在短暂的休息后，又继续赶赴机场进行防疫管控。

这场与“疫”情斗争的日子仍未结束，这片“疫”空中最亮的星却越闪越亮，这颗星就是人民警察，是一夫奋臂，便举舟同声的人民警察；是豪雄相聚，便乘时跃起的人民警察；是云集响应，便八方猛烈的人民警察；是沧海横流，便英雄不悔的人民警察！

谨以此文，向每位在“疫”线英勇战斗的“星星”致敬！

【作者简介】杜琳，现供职于黑龙江省哈尔滨市公安局道里分局政治处。

送走最后一班火车

文/王向明

晚上 9 点 43 分，动车 D9498 次列车驶出扬州火车站，扬州市公安局汽车站派出所民警任俊一天的工作接近尾声。这是疫情防控期间每天的最后一班火车，也是疫情发生以来任俊常态化工作的一个片段。

回到宿舍，已经过了晚上 10 点，头发在帽子里捂了一天，紧紧地贴在头皮和脑门上，看起来有些油腻，眼睛和嘴巴的一圈，口罩和护目镜勒出的痕迹清晰可见。

疫情防控期间，出于安全考虑，汽车站临时停运，即便是白天，车站广场也是空无一人，到了晚上，更是空旷寂静。对任俊来说，这是一天中最轻松的时刻，可以半躺在床上，刷刷手机看看新闻，主题不外乎两个，一个是疫情，另一个是不用上班的人抱怨在家“头都睡扁了”的无奈。他突然有些羡慕他们，自己要是个普通群众，肯定也能像他们一样，窝在家里陪陪家人，每天睡觉睡到自然醒。但他是个警察，这个时候，只能冲在最前面。好好睡上一觉，只能是疫情结束之后的事儿。

妻子打来电话，语气有点硬，问他今天回不回家。任俊说：不回吧，明天早上6点还要执勤。电话那头沉默，他这头心里有点压抑。他明显能感觉到，妻子心里有情绪。这点他能理解，要是俩人掉个个儿，爱人连续十几天不回家，自己难道能心平气和？愧疚已经不足以表达他对家的亏欠。

一起生活了二十多年，对妻子他再了解不过，嘴上就是再凶，心里时刻都挂念着他这个不着家的丈夫。果不其然，有情绪归有情绪，妻子挂了电话，还是用微信发了条信息：做好防护。

扬州城区面积不大，南江北湖，东西狭长。疫情期间，老百姓居家闭户，路上车少人稀，开车从城西穿城到城东，不过半个小时。任俊选择不回家，是出于安全考虑。扬州之前公告的新型冠状病毒肺炎确诊患者，很大比例上都是通过火车、汽车等公共交通输入的，而他每天都在这一亩三分地值守。

西部客运枢纽是扬州城市交通换乘中心，火车站、汽车总站、公交集中换乘全在这儿，一天单是火车停靠就有70多趟，算上市际、省际客运和城市公交，每天数以万计的人在这里聚集、离开。

城市启动一级响应后，汽车客运全部暂停，公交线路也停了一部分。按理说，汽车站停了，汽车站派出所就能闲下来了，但任俊非但没有轻松，反倒比以前更忙了。没了客运的大巴，不守规矩的黑车司机想趁机发点小财。不过，他们能想到的，任俊也提前想到了，毕竟出行人员一旦不能实名掌握，交叉感染后轨迹也就查询不到，整个城市的疫情防控也会陷入被动。

除了要打击黑车，协助火车站派出所做好旅客输入检测也是任俊的主要工作。有人调侃他，你一个管汽车站的警察，干吗要去火车站跟着受累。他们不知道，从去年8月开始，市里成立西部客运枢纽综合治理办公室，汽车站、火车站、客运、城管、特警多个部门联动，保护旅客安全、交通秩序管理、打击黄牛黑车，每一项工作任俊都要参与。

汽车站派出所不同于乡镇派出所，管辖区域小，人数也少。就拿任俊这个派出所来说，全所老的少的满打满算12个民警。年前局里干部选拔，老所长去了别处任职，新所长还没有到位，他这个“二把手”挑起了“一把手”的重任。一个教导员两个副所长，算上他在内也才三个所领导。四天一个班，三个所领导，班次多人手少，任俊带头往前冲。后来，一个副所长又被抽到市局“扫黑办”，值班只剩下他跟副所长周则旭。两人一人一天对倒，早上6点到岗，晚上10点结束，铁打的人也有点吃不消。

大年三十儿那天，周则旭从车站执勤回来，觉得身体不对劲儿，头疼加咳嗽，他心里有点慌，怀疑自己是不是中招了。过了一天，发烧的症状也跟着来了。任俊也慌了，真要倒下一个，大家整天一个锅里吃饭，一层楼里办公，整个所都要被隔离了。人要是都关起来，工作谁干呢？

抽血化验、胸部CT，上上下下一通检查，医生说，肺部没有感染，排除了感染新型冠状病毒的可能。周则旭心里踏实了，任俊心里的石头也放下了。他对小周说：“兄弟，你在家歇两天，班我帮你顶上。”

每天的火车照常开进驶出，下车的每一个乘客出站前都要排查。医生负责测体温，警察负责维持秩序，从站台到出站口的通道里，人多，通风不好，大部分旅客理解，也有少数人不耐烦，对着维持秩序的警察抱怨，嚷嚷着要赶紧出去到通风的地方。而任俊他们，每一趟列车到来，都要在通道里坚守。刚开始，防护装备紧缺，用来保护自己的只有一只口罩，后来单位想尽一切办法，为身处车站一线民警配上了护目镜。这个人员密集的通道，是来自湖北、北京、重庆、深圳、吉林等全国各地旅客走进扬州的必经之处，任俊和他的战友们每天在这里坚守，这也是他这么多天一直不敢回家的原因。

“即便是我倒下了，至少女儿还有你。”任俊给妻子回复完这条微信，手机还抓在手里，人已经进入了梦乡。明天清晨，闹钟会在5点半准时响起，开进扬州的第一班列车到达之前，他和他的战友要在6点准时站在自己的执勤点。

火车站的通道里有些阴冷，出站口广场上的阳光出奇地明亮，看见阳光，任俊仿佛看见了希望。列车来来往往，人流熙熙攘攘，连日超负荷工作让人疲惫不堪，但他内心有一种感觉，总有一天，会像送走最后一班火车一样，疫情也会过去。因为天黑之后，黎明也就不远了！

【作者简介】 王向明，现供职于江苏省扬州市公安局。全国公安文联签约作家，中国报告文学学会会员，江苏省作家协会会员。

值乘的特殊日子

文/张瑶

“Z184 乘警，有武汉旅行史旅客即将从大同站上车，请你们配合客运工作人员进行体温检测！”

我就是那个“Z184 乘警”的一员，大年初六，是我新年的第一次出乘。在这场没有硝烟的战争中，我同男同志一样，一起走上了抗“疫”一线，参与战斗。

我值乘的这趟列车是由内蒙古包头站始发，终点站到深圳的长线列车，全程 3400 公里，21 个站点，途经河北、河南、江西和广东等几个大省。冬天，穿着厚厚的羽绒服从白雪皑皑的内蒙古登车，历经两天到达依然温暖如春的深圳。经过江西赣江的时候，正值傍晚时分。透过列车的玻璃，看到瑰丽的落日半悬在空中，映红了大桥和赣江，宛如徐徐铺展开的一幅油画。此情此景，是大自然赠予我的独特礼物。

接到指挥室的电话，我马上与客运人员沟通，立即和警组的另一名乘警穿上防护服，戴好护目镜，对即将上车的这位旅客进行体温检测。

此时，已经21点了。一些正准备上车的旅客看到举着体温枪、全副武装的我们，慌张地躲闪着，眼中露出惊恐的目光。我们急忙向人群摆一摆手，安抚他们紧张的情绪。36摄氏度，体温正常。悬起的心都放了下来。

巡检每节车厢，发现可疑物品、可疑的人，维护旅客的生命财产安全是乘警的日常职责。疫情当前，查看旅客戴口罩情况是重中之重。

往年，这段时期该是沸腾的返程高峰，候车厅内人头攒动，车厢里热浪滚滚，到处都是人，到处都是南腔北调的家乡话。可现在的Z184次列车格外空旷，稀稀拉拉的旅客一改常态，不说也不笑，要么低头玩着手机，要么闭着眼眯着，警惕的人们连睡觉都严严实实地捂着口罩，还有人漫无目的地望着窗外，口罩后面躲着一张张严肃而紧张的脸，但更多的是没有被遮挡住的，眼中流露出的希望。

一位老人端着吃完的饭盒来回走动，口罩只是挂在耳朵上，我快步走过去提醒：“您要戴好口罩啊，保护好自己，车厢里空气不流通，尽量不要来回走动，这样才不容易交叉感染。”老人戴上口罩笑笑说：“谢谢姑娘！你们辛苦了！”

自从疫情爆发的那一天起，我的心始终在扭着、揪着，我甚至有些怀念在人群中缓步穿行的日子，怀念在汽车长阵中拥堵慢行的日子，也许，那些也是国泰民安的一种表现。

面对不平凡的开年，真的希望时光能够回溯，能够重启2020年，回到那个有些忙、有些烦，却安详有序的生活之中。

值乘一天，晚上10点钟回到休息车厢，终于能摘下口罩松快地喘口气了。戴了一天的口罩，扯得耳朵生疼，脸上也有了几道勒痕。洗完手，脱下警服，又用酒精消毒，这一天的工作才算结束。

刚要躺下，又听同事说，支队的一名乘警发烧，被列为疑似病人，正在医院隔离检查。那位乘警就是我们平时总在一起聊天的广州车乘警，他值乘的列车刚好穿过疫情重灾区武昌站。刚刚平静的心情顿时忐忑，感觉病毒其实离自己很近、很近。忍不住给他发了一条问候微信，不久那头回信：“不用担心，今早检测结果是阴性，明早再做一次是阴性的话，就能出院上班了！”真佩服他，居然如此淡定。我悄悄松了一口气，心里的恐惧也散去一些。

这趟穿越黑夜的列车，车轮滚滚，停停走走。一些旅客上车，一些旅客下车。回想以往经过江西南昌站看到的都是密集的客流，操着异乡口音、拖着大包小包的旅客在列车门口排队上车，现在细细想想，那嘈杂的烟火气，才是内心的安全感，而现在的南昌站放眼望去，寥寥数人。

出乘之前，家人非常担心我在列车上的安全，不断提醒我，做好防护措施，戴好口罩、手套，注意消毒。疫情在前，作为疫情防控一线的乘警，内心犹豫过，也恐惧过。但是作为乘警，保障旅客的安全是我们的职责，在全民都在为防控疫情作出努力的同时，履行自己的一份职责就是担当，就是为社会分忧解难。

国家平安，小家才有幸福。更何况，在此刻，有无数的逆行者仍然坚守在抗击疫情的一线，他们指引着我们挺过这严冬，共赴那个期待已久的春天。

疫情当前，警察不退！在最美逆行者的行列中，警察就是那抹沉稳的藏蓝。

《肖申克的救赎》中有一句经典台词："不要忘了，这个世界穿透一切高墙的东西，它就在我们的内心深处，他们无法到达，也接触不到，那就是希望。"没有过不去的冬天，也没有等不来的春天，我们一定要坚信：待到春暖花开之际，疫情的阴霾一定会散去！

【作者简介】张瑶，现供职于呼和浩特铁路公安局包头铁路公安处乘警支队。

大墙里的白玉兰

文／王娟

春天要来了，看守所院里的白玉兰就要开了。那个以前常穿梭在开花的树下的兄长，却回不来了。

2020 年 2 月 13 日，河南省三门峡市看守所民警李建生拿了换洗衣服和药准备回所。早上 7 点临出门前，和妻子结婚 32 年的他，破天荒地抱着妻子张焕平的脸亲了一口说：“媳妇，我走了！”这个举动，他以前从来没做过。谁料，当天晚上，张焕平就接到他进了急诊室的电话。

河南紧靠湖北，是此次疫情的全国次重灾区，抗“疫”形势从一开始就特别严峻。看守所在押人员密集、人员流动性大，一旦疫情传入监区，治疗、疑似和密切接触者的隔离、监区的安全都会十分麻烦，后果不堪设想。自 1 月 27 日起，全国公安民警就取消休假，全员返岗投入抗“疫”战，三门峡市看守所自然也不例外。

李建生所在的看守大队，原本加他有 6 名民警，但一人患癌做了手术不能上岗。李建生连着 1 月23 日、24 日（除夕）值了两天两夜班。本打算大年初三去洛阳看望七十八岁的老母亲，这时候，他接到了取消休假的命令，他便放弃探亲，回到了所里。28 日、29 日，一个同事咳嗽发烧，需要隔离。李建生又替了他两天两夜班。2 月 1 日，全国监所全部实行封闭管理，李建生二话不说又带头上岗，从 2 月 1 日至 6 日一直在值班和封闭备勤。

其间，领导考虑到他的身体，怕他出事，让他回去休息一下："你年龄大，身体又不好，不行让其他人上吧!"他却说："人手紧，没事，我能顶住。"

他回家拿了趟衣服和药，2 月 13 日返岗，那天一整天，李建生不停穿梭在看守所大院、AB 门、监区执法服务大厅、提讯区，办理远程视频提审，代替办案单位办理在押人员换押、延期等法律手续。原本面对面办理的简单流程，因疫情防控外人不得进入监区而变得异常烦琐。对讲机里，不时响起李建生协调监区内外办理业务的声音，没有人察觉他的异样。事后，有同事截图了他的微信运动，这一天，他共走了 12000 多步。

20 时 20 分，全体值班、备勤民警和辅警开始封闭晚点名，李建生从办公桌前起身时，突然无力地说："我怎么站不起来了?"一旁的民警赶紧上前扶住他，大声喊人。此时的李建生已四肢瘫软、神志不清。同事拨打了 120，驻所医生也跑来急救。随后，他被送上了救护车。

2 月 15 日 16 时 15 分，经过 44 小时的抢救，医生没能挽回他的生命。没有来得及留下一句话，五十六岁的他因突发脑出血匆匆走了。截至他倒下的那天，公安机关打响抗击疫情战斗共 18 天，李建生在一线工作就达 9 天。

在他生命的最后 10 多天里，他还在为疫情特殊期的监所技术革新操着心。为破解防疫和服务实战办案的难题，李建生和所领导一道开动脑筋，利用驻所封闭的时间，用最短时间在全国率先研发出"法律文书送达代办系统""远程视频提讯系统"，极大地方便了实战单位，为监所守住了防疫最后一道防线。他对技术人员说："软件要'把困难留在里面，把方便带给外面'，这才实用。"

1986 年，李建生从洛阳警校毕业后被分配到三门峡。穿上警服的前二十三年，他从一个普通民警干到所长、科级干部，最好的年华都在5个农村偏远派出所度过的。他摸排线索、固定证据、蹲守抓捕、讯问嫌犯、制作笔录、诉讼结案，从青丝染上霜花，从小伙子变成小伙子们的师傅和领导。无论局领导，还是分局老领导、老同事，一提起李建生，都这样评价他：二三十年前的偏僻农村派出所，经常只有三四个民警，装备差、条件艰苦，但从没有听他叫过苦、说过累，没有提过要人、要钱、要车等问题，更没有开口要过荣誉。

2009年，因身体原因，他卸下派出所所长的担子，到看守所当了一名普通民警，这一干又是10年。大墙里的岗位烦琐忙碌，这10年，李建生管理教育在押人员500人次无事故，办理入所出所人员3000余人次无差错，办理各类法律文书万余份无瑕疵，确保8000人次在押人员诉讼活动未出现任何问题。

因为抗“疫”，李建生的后事一切从简，但仍有一些群众得知后，不顾再三劝说，戴着口罩非要来送他一程，李建生家只好大敞着门和窗。东风辖区小卖店老板万国良哭着说：2004年9月，他患了白血病。春节时，李建生看了媒体的报道后给他送来了1000元钱。万国良多方打听，才知道他叫李建生，是东风派出所的副所长。

李建生火化前晚，会兴一组七十五岁腿脚不灵便的老人刘淑亚，由儿子搀扶着，大哭着在夜色中赶来拜祭。她说，1992年，她丈夫患癌症去世，她一个缺亲少友的中年妇女，拖着三个孩子，大的十七岁，小的十四岁，缺吃少穿，日子都不知道咋过。时任会兴派出所副所长的李建生得知后，和她们结了帮扶对子。每逢过年过节，都给她们送来米、面、油等生活用品。过一段就去看看她们，给她们留个50块、100块钱救急。不仅在精神上多方开导，还资助她们办了个小沙发厂，从此，一家人才慢慢过上了好日子。她说，李所长太实在了，他帮我家的事不叫我跟人说。我今天来，他媳妇焕平也才头一次知道。

会兴街的刘振峰爱惹事。2005年，刘振峰因为打架进了派出所。李建生几次三番苦口婆心地教育他，又找人帮刘振峰承包了一个垃圾处理厂，使他走上了正道。刘振峰说，李建生对他，犹如再生父母。

除了李建生，他家四口人还有两口人也忙碌在抗“疫”一线。儿子在自己单位设在湖滨区涧河街道的某小区防疫卡点值守，儿媳是湖滨区车站街道一防疫卡点的负责人。市区施行网格化防疫后，是李建生支持他们报名第一批到一线值岗的。

13日早上，儿子开车把他送到单位，又匆匆赶到自己的防疫卡点上岗："我最遗憾的，就是那天早上在车里没和他多说几句话，哪怕聊点闲话也好……"

李建生去世的第二天，他至今还蒙在鼓里的七十八岁的老母亲，做了老家灵宝人爱吃的黄面鱼，专门拍照发给孙子看，孙子却迟迟不敢回复。"父亲出事前晚，还给奶奶打了电话，说初三没去看她，接下来还要忙好一阵，等疫情结束了就去看她。奶奶还安慰他说，你安心忙你的，忙完再说。"

2月19日，李建生儿子李俊杉代表家人，把亲友和社会各界捐助的31500元救助金捐给了市红十字会，支援抗"疫"一线。他说："父亲是因为抗击'新冠肺炎'走的，我们要替他完成他未竟的事业。"

春天就要来了，看守所大墙里的白玉兰就要开了。那个洁如玉兰的人，会魂归旧地，再来看看花吗？玉兰树有知，花开祭故人。

【作者简介】王娟，现供职于河南省三门峡市公安局。河南省作家协会会员。

日历上的疫情关键词

文/夏晓露

黄乃炘每天必做的一件事是翻看日历。大事小事都会在上面记上一笔。重要的事，他会画一个红五星还会写上关键字，这个习惯他已经坚持二十多年了。他是广东省云浮市郁南县公安局副局长。

今天早晨他依然是6点起床。但他感觉头有些晕，额头的伤口撕裂似的痛，嘴唇感觉厚了好几层。他定了下神，轻手轻脚地简单洗漱完，急忙翻动那本老黄历，翻到庚子年大年初十（2月3日），他那双布满血丝的眼睛露出喜色。呵呵，明天就立春了。春天来了，一切都会过去的。立春，从冰雪中走来，又是一个新的轮回嘛。他轻声自言自语。

他在记事栏空白处写下：防疫第13天。

他还要补记昨天的，因疲劳过度，他晕倒在检查站，头部、手和嘴都摔伤……昨天他没法记录。此刻，他简单写下关键词：昨日命大，今日继续。又在日历右上角用红笔画了一颗五角星，代表重点标识。

大年初八（2 月 2 日），是黄乃炘奋战在防疫一线的第 192 个小时。2 月 2 日深夜，气温骤降，粤西郁南县城细雨绵绵，寒风阵阵。戴着口罩的黄乃炘感觉有些冷，五十四岁的他裹了裹身上早已被雨水淋湿的执勤服，依旧与其他年轻民警一起坚守在岗位上。他一边注视着检查站来车流方向，一边紧裹那件执勤服。零点左右，远远的，一辆小车驶来。

“您好！我是郁南县公安局民警，请您停车配合检测……”这正是一台从疫情“重灾区”来粤车辆。十多分钟过去了，终于努力将其劝返，口干舌燥的黄乃炘轻轻地呼出一口气，看了下时间：零点十三分。然后，他转身准备换岗。突然，一阵眩晕袭来。他重重地倒在了检查站台和高速护栏之间，瞬间嘴里、头部鲜血直流，左手骨折……而他手里的对讲机、口袋里的电话还在此起彼伏地响着，如同寒夜里响起的春雷。

同事们马上将他送往医院抢救，好在都只是外伤，包扎后被送回家休息。不料，他第二天早早起来，在日历上记录完，穿好警服，准备出门。这时，他的老伴儿看到说：“老黄，你昨晚受伤这么重，还去返工？不要命啦？你这么熬身体怎么受得了？要不，你今天请个假多休息休息？”

他右手护着受伤的左手说：“不行啊，现在抗‘疫’一线人手这么紧张，我哪能躺下休息呢？今天又轮到我值班呢。”

说着，他起身拉开门，寒风吹过他的身影。早春细雨绵绵，透过蒙蒙雨雾，一个左手缠白色绷带、一瘸一拐的警察出现在检查站。帽檐上细密的雨水往下滴答着，他一到战场就会血液沸腾，这或许是做警察的职业习惯造成的生理反应，淡蓝色的口罩上是一双机警的双眼。正准备顶他岗位的年轻民警见状心疼起来：“黄局，您怎么回来了？赶紧回去好好休息！有我们哪。”

“对抗击疫情我有经验啊。2003 年‘非典’我都在，这回啊，可不能少了我。家小国大，疫情不退我不退，不打赢这场防疫阻击战，我绝不撤退。”

他说完摘下口罩亮了亮，对着同事笑嘻嘻道：“看到没，没啥事了，痛是痛，一点不碍事。”可同事们看到的是两鬓斑白，一张肿胀乌紫的嘴，摔裂的半边门牙，加上那只还吊在脖子上的左手，白色绷带如此耀眼，大家鼻子发酸，瞬间泪目。

十七年前，黄乃炘正值年富力强，当时他还是郁南县公安局的一名基层民警。2003 年的春天，他主动请缨走上了抗击“非典”的前线。那段时间里，他坚守在一线，与非典较量了整整 67 个日夜。67 个日夜，是他用使命记录的时间。

十七年后，老黄已年过半百，他从庚子年二十八到现在已经在抗击新型冠状病毒防疫一线连续工作第 192 个小时。自联合检疫检查站正式启动以来，黄乃炘更是每天值两班，执勤 16 个小时，早上 8 点到岗，到晚上 12 点才下岗，加上来回四五十里路程，每天实际工作时间是 18 个小时。这些数字是他用热血记录的每个时辰。

这天，路过的司机看到他的模样，都含泪把车停下，主动接受这位受伤老警的检查。每天，老黄站在寒风呼啸的高速检查站，呼吸的是一辆又一辆机动车卷起的风沙。可他的心里是踏实的、热乎的。

他一次一次查控车辆、检测体温；一遍遍耐心劝导司机回去做好防护；还要为一些没口罩、没热水喝的司机送去关怀……他要守护好这座城啊。大年三十儿那天，四岁的孙女问奶奶：“爷爷怎么过年也不着家？”问得一家人鼻子酸酸的。

在细雨的微光中，在抗击疫情的艰难时期，有一个风雨兼程的背影在逆风而行，那是老黄又一次奔向他的岗位。明天，他桌上那本老黄历将翻到新的一页，到时，他记录什么呢？应该是立春、胜利、喜悦吧？

【作者简介】夏晓露，现供职于广东省公安厅新闻中心。中国作家协会会员。

你在我心里

文/唐淑惠

“晓杰，我一夜没睡。我不知道前面的不可预料有多少，但是我知道这次疫情很严重，我担心，辗转反侧，睡不着。”在疫情初来时，赵晓杰就主动请战，要求去最前线。之前，他的自告奋勇并没有和妻子张琳商量，所以，在电话里得知他要到一线去的当晚，张琳失眠了。

2月8日，西安公安针对疫情防控推出了“网格化管理系统”，站前分局刑警大队副大队长赵晓杰是第一批在西安火车站出站口使用这个系统对进入西安及中转西安的旅客进行核查管控的民警。

从警二十多年，办过几十起命案的赵晓杰，经历了枪火以及刀光，但张琳从来没有像这一次如此担心。她反复叮嘱他：“在工作时要与人保持一定的距离，做好自我防护，晚上上岗要保暖……”赵晓杰听出电话那头张琳的焦虑和担心，一字一句都拽得他心疼。他安慰张琳：“老婆你放心，我自己领了一个免费的保险，就是疫情期间的给战斗在一线的同志的。”听到这句话，张琳更是眼泪吧嗒吧嗒地掉下来，每一滴眼泪都渗透着爱的牵挂。

赵晓杰每年至少有那么一两个月要在外出差办案。在这些日子里，身为市局指挥中心接警科副科长的张琳不仅要一丝不苟地做好本职工作，还要照顾好双方老人以及年幼的孩子。局里那么多双警家庭，都是男人如虎女人似牛，双警家庭的女人真能顶起天啊。因为都是警察，他们也理解和支持彼此。有一次张琳发高烧，躺在家里起不来，正上案子的赵晓杰已经几天没回家了，为了不影响晓杰工作，她让女儿给她端杯水，找来药，硬扛着。女儿实在怕妈妈病得严重，才悄悄告诉了爸爸。赵晓杰一得知情况，很快安排完手头工作赶回家，抱起张琳就去医院，张琳已经烧得一点儿力气都没有了，完全摊在他怀里。他一个劲儿愧疚地说对不起。张琳知道他正在上“11·18”故意杀人案，这些案子都是火急快攻的，所以一打上点滴，张琳就挥着手催着赵晓杰走，赵晓杰又一连声的对不起，匆匆赶回专案组，52 小时后，案子破了！他第一时间给张琳发信息报捷：“破了!”

因为爱，他们报喜不报忧，尽可能不让对方担心。又一次连续几日的加班加点，赵晓杰身体出现异样，尿血！他一直没吭声，直到半个月多后的一个周末，一家人终于可以坐在一起吃个午饭了，张琳提议喝杯红酒，赵晓杰这才说：“喝不了。有件事没告诉你，现在不要紧了，前段时间太忙太累，尿血了。”话音刚落，饭桌上的一切凝固了，张琳哭着走过去，抱住赵晓杰埋怨他：“为什么不告诉我?”

有许多爱，是我不言语，山河云雨都在我心底。

有许多爱，是忙奔东西，长情陪伴都在日常点滴。

多年来，他们已经习惯，如果张琳加班，晓杰会送来热腾腾的饭菜，如果晓杰上案子，张琳会抽空去送取换洗衣物……他们珍惜相伴的每一缕时光，尤其在工作繁忙的时候，哪怕只是说说话，短暂见见面。从大年二十九开始，戒备，大年初二全员上岗，两个人分头去忙，一连十多天碰不上面。有一天下午，赵晓杰正好有个案子在市局附近调查取证，取证一结束赵晓杰就去市局看张琳。张琳从楼里一路小跑出来，赵晓杰远远望着爱人出现在视线里，内心忽然盛开了春天，内心充满了期待和喜悦。一见到他，张琳先说：“值班呢，不能走远，就在院子里转转吧。”那晚，市局院子里几乎所有的办公室里的灯都亮着，在那些照亮抗“疫”之路的灯光里，这个冬夜有了许多温暖。他们边走边说话，“孩子问我今天干吗了?”“我发了我们的工作照片给她。”“妈说病毒太可怕了，让咱俩能不回就别回来了，孩子很乖。”……他们不想走得太快，害怕一圈还没说多少话另一圈眼看着就要结束。他们不敢走得太慢，张琳说，大家都忙着呢，我不能下来和你聊得太久。两个人约定，就走两圈，十分钟。两圈后，又回到见面的地方，张琳又一路小跑上了楼，赵晓杰一直望着妻子的背影直到她完全消失在楼道里，才恋恋不舍地转身离开。

他们是相亲相爱的一家人，新型冠状病毒让人们宅在这座城市里。因为使命，警察家庭的家人们又不能在同一个屋檐下，孩子安顿在张琳父母身边，他们夫妇俩分别在单位驻扎，一家三口始终在城的三个不同方向各自为安。因为一线工作的缘故，赵晓杰尽可能不回家去见孩子和老人，不只是因为繁忙，还因为内心有一道防线，这是一道爱的防线，一边是随时有可能被感染的抗“疫”一线，一边是家人的健康和安全。作为母亲，张琳每天都掰着手指数日子，有多少天没和孩子见面了？除了夏令营，这一次，是和孩子分开最长的一次。不能见面的日子，她依靠视频减轻对孩子的思念。听说赵晓杰要去给孩子送上网课的资料，张琳坚持让爱人来接她一起去，当她隔着飘窗，看见孩子在玻璃那边欢呼雀跃地喊“妈妈我爱你”时，她无语凝噎，她多想抱抱孩子啊！

回到车上，她还是没停下稀里哗啦的哭泣。赵晓杰后来在“我们仨”的家庭群里跟女儿说：你妈昨天在车上都哭了，克服一下现在的小困难，一切都会慢慢好起来的，安心学习就是给我们最大的动力和支持，爱你！

是的，一切都会好起来，我们继续努力，等疫情过去，等春暖花开！

2 月 14 日凌晨 3 点，西安市火车站出站口广场，赵晓杰又上岗了。天气预报的寒流果真来了，这一刻的广场，风呼啸着把温度拉到了零下七八度，赵晓杰和战友们坚守在随时有旅客通行的站口，一个都没撤。手机收到一条信息，是白天一个核验过信息的东乡女孩儿发来的：“你们白天晚上为了我们老百姓的安全忙着，我们知道呢，谢谢你们！”看着信息，赵晓杰嘴角翘了起来，他感觉整个冰冷的广场瞬间温暖了！6 点钟，下了这个岗，新的一天开启了闭环式工作模式。他记得这个日子，以往要送花给张琳，在这个没有花的特殊时期，他拿出手机拍下晨曦中战友们驻守的火车站广场，发给张琳，写了这样的一段话：

那一夜冬风，你在街头，我在巷尾，我们都在奔跑，奔向首尾相接的黎明。

这一季困难，我伫立冷夜，你坐守热线，我们都在闪烁，扛起了肩上的星汉灿烂。

亲爱的，你等着我，我等着你，即便风雪兼程，未来余生青山与共。

【作者简介】唐淑惠，现供职于陕西省西安市公安局禁毒支队。陕西省作家协会会员。

贴在冰箱上的便签

文/谢沁立

若在平常，妻子李晓燕绝不允许在家里贴贴画画。她认为，多一样东西，就会多一个细菌附着地。干净整洁，无菌操作，是她的职业习惯，也是她给丈夫和儿子立的规矩。可这几天，她率先违约，在冰箱上贴了张画着笑脸的小纸条。

“老公，我上班去了，你和孩子好好吃饭。”

李晓燕的岗位在天津市疾病预防控制中心病原生物实验室。武汉新型冠状病毒感染的肺炎疫情出现后，她所在的实验室担负着天津各医院疑似病例的实验室确诊任务。从 1 月 21 日起，她每天面对大量的标本，戴紧手套屏息操作，无暇与家人联系。子夜时，她才能拖着酸胀的双腿离开实验室，回到家时已是凌晨一两点。睡上两三个小时的囫囵觉，天还没亮，就又踏上了上班的路途。轻轻拉开家门的那一刻，那爷俩正睡得香甜，她本来有好多话想说，可又不忍心打扰他们，只能匆忙找到儿子写字台上的笑脸便签，撕下一张，把一肚子的嘱咐凝练成这样一句家常话。

第二张便签是丈夫贾宏发写的。

“儿子，我上班去了，好好吃饭。微波炉两分钟！晚饭等着我做。”

贾宏发长得高大结实，却心细如发。他是天津市公安河西分局挂甲寺派出所情报指挥室的警长。这个主管着 2.97 平方公里辖区、12 万常住人口管理工作的派出所，平日任务重、出警多。指挥室负责服务、支撑、监督、指导，工作繁重而琐碎，管界内监控设备的巡查、电子屏幕保障、图像侦查资料的调取、执法监督的各个环节、案情高发区域的分析研判，都要一一到位。

在新型冠状病毒感染的肺炎疫情到来之时，所里的民警陆续下到社区宣传疫情防范知识，调度室的工作量陡然加大。贾宏发每天回到家都不会早于晚上 9 点钟。他和妻子的老家都在内蒙古，原本春节要回老家与父母团聚的，但突然而至的疫情让这个警察、医生之家一下子进入“战时状态”。儿子连续吃了五天外卖后，明确表示宁可挨饿也绝不再吃外卖。人命关天，妻子的神经处于高度紧张之中，贾宏发想，不能再让她惦记家里的一日三餐。晚上回到家，不管多累，他都要撑着忙活几样简单的饭菜出来，爷俩吃剩的，就是儿子转天的早餐和午饭。

第三张便签是儿子写的。

“没事，你们去忙吧，不用担心我，看书写作业之类的我都完成了，等疫情结束，你们可得带我出去玩啊。”

儿子刚上初一，聪明调皮，学习出色。他理解妈妈的职业来不得半点疏漏，也知道爸爸的工作重要且有危险，但他毕竟还是孩子，常会黏着爸妈做游戏。鼠年春节，每天独自在家的他，仿佛一夜间长大了，一个人读书、写作业，一个人画画、玩游戏，还在爸爸的指导下，学会了用电饭锅焖米饭。就算实在无聊，他也不给爸妈打电话，因为，头两天打给他们的电话都是无人接听。他只好用手机拨通了远在内蒙古的爷爷的电话。“爷爷，我想你们。”说着，一股委屈涌上心头，禁不住抽泣起来。不对，我是小小男子汉，怎么能哭呢？他这么给自己鼓着劲，便止住了眼泪。晚上，他学着爸妈的样子，写好便签，坐在沙发上等爸爸，等着等着，竟歪着身子进入了梦乡。

时近 10 点，贾宏发才回到家，看到在沙发上睡着的儿子，赶紧洗过手去亲他。儿子醒了，说，爸爸，快做饭吧，太饿啦……

现在，贾宏发家里的冰箱上又贴上了很多便签。一家三口虽然见面匆匆，相处很短，但一直用文字相互关怀与鼓励。那鲜艳的便签上，记录的是一段非常岁月，是医生的天职和民警的使命，还有爱与希望。

【作者简介】谢沁立，现供职于天津市公安局河西分局挂甲寺派出所。全国公安文联会员，天津市作家协会会员。

甘宁边界上的风月

文/王永

2020年的春节还未来到，一场疫情像雾霾一样席卷全国，疫情就是命令，防控就是责任，公安机关闻令而动，全体民警一律取消春节休假，轰轰烈烈地投身到战“疫”之中。

出发

2020年春节前后，有几次雪中出发印象深刻。

腊月二十九在单位排好值班表后，等我拎起大包小包准备回老家时，鹅毛般的大雪正下得紧。妻子眉头紧锁，回老家有八十公里路程，主要是有二十公里山路着实难走，然而小儿雀跃欢呼，这给了我回家的勇气。“年”在老家过才有年的味道，另外我惦记着独自在老家的父亲，腊月二十九是他的生日。

驱车缓慢行到老家梁顶，雪已经能覆没脚面，我准备绑防滑链时，单位办公室同事打来电话，我所在的小城已确诊一例新型冠状病毒感染患者，同事下午已经接收了8份文件。

大年除夕，微信朋友圈里传来祝福的信息，但更多转发的是某陆军医院支援武汉医务人员除夕夜集结出发，短视频配的乐曲是《祖国不会忘记你》，越发悲壮苍凉。

初一深夜，天空飘起了雪花，我担心第二天值班山路无法行走，便连夜出发。车到国道上时冰雪消融，路好走了许多，防滑铁链阻碍了车行速度，我双手沾满雪泥摸黑儿拆卸防滑链，子夜时分国道上空无车辆，北风快速地从我身旁呼啸而过。

新型冠状病毒肺炎疫情在全国蔓延，单位的视频会议、人员安排、调度保障频次也越来越快。在办公室值守一周后，正月初九，我作为第三批抽调人员奔赴位于甘宁边界的老君坡乡镇防疫监测点开展查控工作。我和L君一行两人，参加完县局统一动员会之后，到警务保障部门领取了必要的口罩及硫黄肥皂用品，带上了棉衣棉帽准备出发，L君担心监测点没有饭吃，便又快速地自己做饭饱餐了一顿。

终于我和L君迎着10点钟的太阳出发了，路上行人稀少，但L君心情是快乐的，他对即将到来的值守查控的“新生活”抱有莫名的冲动和希望，这样快乐的心情感染了我，即便对他通过口罩依然传来饭菜葱蒜的味道也觉得亲近了许多。

风雪

老君坡乡镇防疫监测点位于会宁辖区太平、老君乡镇及宁夏西吉县的三岔路口交会处，具体位置属于老君坡乡镇谢埂村烧马章社。山顶有一块空地，临时搭建了帐篷，在避风的弯道处也就是山埂子下面有一个废弃了的小窑洞，在窑墙里面钉上塑料布，再架起火炉，“屋子”便暖和起来，这俨然成了我们监测点温暖的后方。在帐篷的顶端固定好党旗，绑好防疫监测点的招牌，再把乡卫生院的防疫用车和我们的警车摆放在一起，一个临时监测点便巍然屹立起来了。

我们的工作主要是会同乡镇、卫健部门24小时昼夜联合值守，对过往车辆进行检查登记，逐人测量体温，实行查控勤务。

这个路口的海拔明显高了许多，风主要是从北山口吹过来的。风来的时候扯动着党旗猎猎作响，与党旗连在一起的帐篷摇晃不已，四周抻直了拉紧的绳。山上的荆草呜呜作响，风里带了雪渣子。风这儿拍拍，那儿敲敲，总会发出愤怒的声响。

我们逐人逐车查控、登记、劝返，说出的话被大风迅速刮走，从山坡上走过来的老大爷朝我们喊，“孩子辛苦了，这么冷的天，还过年着来啊！”下午，喊话的那位老大爷颤巍巍地端来一大碗“猪骨头”，手提塑料袋里装了油饼、糜面饼子以及剥了皮的大蒜，“吃吧孩子，这是我老伴儿刚做的，没有病毒……”

风还在咆哮，雪开始落下来了。

雪刚开始的时候一粒两粒夹在风里硬往衣服里钻，口罩里呵出去的汽模糊了镜片，天色越来越暗，山顶四周雾气弥漫，没多久霰雪便铺天盖地而来。

忽然山脚下传来汽车的引擎轰鸣声，我们看时，陡峭的硬化路上，前面有一名妇女扫雪，后面跟了一辆白色的小汽车艰难爬行，我们赶紧下去，一边朝雪地上撒土，一边帮着推车，终于到了山顶，按照要求对其进行了登记、测体温，我们告诉他们不该在如此大雪天出行，他们一边道歉，一边说着感谢的话慢慢离开了。

天整个暗下来了，山口上暂时没有了车辆和行人，我们回到了后方小窑洞里，围在火炉周围搓手喝水。坐着坐着似乎睡着了，我们听着风雪从坡上刮过，头顶上的黄土簌簌地落到小窑洞的塑料布里，这奇异的声响似乎穿透身体，留在许多年前久远的故事里。

月亮

快到正月十五了，夕阳刚下去，月亮就挂在了天空。

与我一起值守的L君是城关派出所内勤，电话业务不断，他每天要分时间段向工作群内传发疫情期间社区民警劝导小区闲散人员的视频资料，这样的劝导会一直持续到深夜。天还未全黑，我和L君就感觉到了肚子咕咕地叫唤，后方小窑洞里放满了企事业单位及爱心人士捐赠的泡面、牛奶、矿泉水。L君边吃泡面边开启了视频通话，他的妻儿回到乡下一个月了。手机视频中L君的小女儿晃动着脑袋说，“爸爸你又在吃方便面，我也想吃，回来给我带两包”，L君满脸无奈，嘴里骂着小傻瓜，笑呵呵地答应执勤回去带方便面的事情……

天上的月亮愈加明亮，大地上空明澄澈，山梁田野影影绰绰，如汪洋里的船只幽远静默，远处的村庄偶尔有炮声传来，那是特有的乡村春节的余味。小窑洞里的L君还在视频通话，塑料帐篷里传来昏黄的灯光。天上一个月亮，地上的帐篷里便有一盏明灯。

第二天我翻看微信朋友圈时，L君在元宵节深夜写道：“元宵的夜空如是宁静/过往的思绪不断点燃以往的故事/关于存在的意义/如卡口的帐篷写满孤独。”

L 君该是想家了吧。

归来

我又回到了原单位，每天早晨带有强迫性地关注“新冠肺炎”疫情实时动态，看祖国的版图湖北由红色变成紫酱色，无声的、有声的声音都在喊“武汉加油，中国加油”。

同事的妻子是医护人员，手捧鲜花，含泪登上了支援湖北医疗队的客车；网络上流传着武汉方舱医院一个护士的诗：“请不要给我花环/不要给我掌声/也不要什么工伤、烈士、几等功……只想疫情结束能安全回家/即使剩下一把骨头/也要把自己带回给儿女、爹妈”……

单位又一批人到执勤点上去了。我坐在办公室里，耳边传来街道上消毒洒水车久违的声响，那是去年夏天绿树红花时洒水车的音响：“你是在哪里，我们在这里……这是多么快乐灿烂的生活啊……”

听着听着我突然就流泪了。

【作者简介】王永，现供职于甘肃省白银市会宁县公安局。全国公安文联散文分会会员。

荣华街警事

文/初曰春

荣华街派出所有个“帅哥三人组”，成员是涂先成、兰亭序和胡锦耀，他们三个号称是所里的颜值担当，回头率不亚于当红的流量明星。平日里，三人偶尔会合起伙来搞些恶作剧，同事们都一笑而过，毕竟这三个家伙是所里最年轻的民警，一个单位需要有活力的新鲜血液。

派出所归硚口区公安分局管，辖区呈狭长的梯形，面积很小，在武汉市地图上，小到只有针尖那么大，但这里却是众所周知的老城区。熟悉公安业务的人知道，凡是这样的地界，治安情况复杂，工作中会碰到很多意想不到的问题。

这不，所有民警都在为疫情防控忙得焦头烂额时，派出所接到举报，说是有人在聚众赌博。

他们直奔地质村。地质村是这一带有名的城中村，坐地户多是中老年，有点能耐的年轻人都到别处置办房产了，反倒有不少租户是外地来武汉打工的，人员成分较为复杂。

涂先成盘算，那些租户可能都回家过年了，不出意外的话，恐怕又是老吕头在犯浑。老吕头还是小吕的时候，就是赌鬼加酒鬼，上了年岁又跟儿女水火不容。

果不其然，所谓的赌局正是老吕头组织的，四位老人正在打麻将，玩的是武汉比较流行的“晃晃”，赌资是烟卷，旁边还有几个围观者。

涂先成和颜悦色地劝老人们回家，他不敢声音太大，万一哪位老人身体不好，会惹下乱子。谁知老吕头眼一瞪，跟他杠上了。

糟了，老吕头这是气不顺，明摆着要找事儿啊。涂先成对老吕头并不陌生，以往每隔两三个月就会弄出点动静，属于那种大错不犯小错不断的类型，仿佛是要在派出所刷刷存在感。

老吕头对自己的评价是，属驴的，对别人送的绰号“老驴头”不但不恼，还颇为得意。总而言之，老人家是顺毛驴，爱听软话，凡事得商量着来。

胡锦耀刚毕业，还没摸清底细，便笑嘻嘻地上前劝说：大爷，不能聚众赌博。

老吕头可逮着了“把柄”，说去你大爷的，你眼珠子是留着喘气儿的吗，哪只眼看到我在赌博。

那您也不能把人聚到一起打牌。胡锦耀瞥了一眼桌上的烟卷。

老吕头当场翻脸：怎么着，哪条法律规定不能打麻将。

胡锦耀还是满脸堆笑，说政府公告看了吗，电视、报纸，还有网络，都出过新闻。

我不识字，也看不起电视，更不懂得什么蜘蛛网。老吕头开始耍赖。

胡锦耀抬高了声调，说我这是为您好，您一个老同志，怎么为老不尊呢。

老吕头嬉皮笑脸地说，好啊，你这就把我抓起来，扔进大牢里，还省得我自己做饭了。

话音刚落，围观的那群老人也七嘴八舌，数落起来。一直没吭声的兰亭序把胡锦耀拽到一边，让他保持沉默。胡锦耀气呼呼地站在一边，有劲使不上。

涂先成不好再端着，继续装成熟，老人们不买账。他恳求老吕头：论年龄您跟我爷爷差不多，您就……

老吕头脖子一梗，说少在我面前装孙子。

这话特别刺耳，让人感到窝囊。涂先成提醒自己，必须保持冷静，科学而理智地处置。他在脑子里过了一遍，极力搜索可以参照的案例。

他忽然意识到，任何执法都有特殊性，没有教科书式的案例可供参考。他索性接过老吕头的话茬儿，顺着老人的思路说，行，只要您老看得上，我不用装孙子，可以给您当孙子。

老吕头“扑哧”一声笑了，一看气氛有些缓和，兰亭序马上赔笑脸，劝其他老人回家。结果并不如意，所有老人都盯着老吕头，好像老吕头是他们的指挥官。

涂先成苦笑一声，开始给老吕头说好话，他在心里安慰自己，老人不是故意在找茬儿，老了脾气就会变得古怪，跟小孩子一样任性。

这种阿Q式的精神胜利法，让涂先成拥有了良好的状态。他好话说了一箩筐，嘴皮子快磨破了，才说服了老吕头。

临行之际，老吕头忽然发问：那事儿当真？

大爷，您有完没完哪。胡锦耀不乐意了，带着委屈的语气抱怨。

老吕头脸一沉：就知道是在骗人，说好了喊爷爷。

涂先成鼻子有些发酸，心想老吕头一辈子不肯低头，搞成了孤家寡人，这是缺少关爱啊。他冲老吕头喊了声“爷爷”，再一瞅，老吕头的样子很滑稽，明明想笑却哭了。

派出所上上下下依旧忙碌着，很多人连口热饭都吃不上，“帅哥三人组”仗着年轻，更是想干出点名堂。

把那些老人妥善安置后，他们赶到荣华街道卫生中心，跟同事们一起，忙活着转移病号。他们的理念是，假如救助的病号真感染了病毒，能多争取一秒，就会多出无限治愈的机会。

有些事情只有亲历过，才会有切身体验。就拿转移病号这个事情打比方吧，即便平常碰到有需要帮助的病人，他们也会伸出援助之手。疫情告急，救护车不够用、医护人员不够用，警方当仁不让，主动担负起这项工作。

谁上？眼下的疫情越来越严重，一个萝卜一个坑儿，猛然间多出这么个任务，让警力更加吃紧。涂先成是三人里的兄长，他私下里跟其他两人商量，说咱们年轻，精力充沛，必须干在前头。

跟全国公安机关一样，疫情来临之初，武汉市公安局就喊响了“党员干部带头冲”的口号。作为市局团委“青年汉警”工程的成员，他们生怕领导不同意。

最搞笑的是胡锦耀，他平素就喜欢耍嘴皮子，眨巴了几下眼，就卖弄上了：我是团员，我操练，上了前线，就为万家圆。

好家伙，合辙押韵，跟说快板似的。“操练”是他们的口头语，日常管训练、执勤，哪怕是鸡毛蒜皮的小事都叫“操练”。

受领了任务，困难接踵而至。防护服之类的都全力保障给了医院，他们的防护措施只有口罩，还有就是警车上没有担架，只能靠几人合力将病号抬起来，无法躲避身体上的接触。

转移的是发热病号，路过的一位大姐见到后，责怪正在忙碌的民警们：不要命了吗，这都什么节骨眼了，还不爱惜自己。

兰亭序一时语塞，想了想才说，我年轻力壮，不碍事儿。

大姐唉声叹气地说，真是傻，好歹穿上件雨衣呀。

放心吧，大姐。说完，他发现自己的话很没底气，仔细去辨听，声音还有些颤抖。

兰亭序能不怕吗，自己又不是超人、钢铁侠，跟人们不同的只是身穿这身警服。他怕死，怕极了，可是他无处诉说，他的心情或多或少受到了一些影响。

卫生中心旁边社区的一位大妈冲他招了招手：孩子，阿姨信佛，现在不信了，你们和那些大夫、护士才是救命的活菩萨。

兰亭序点点头，他扭头冲大妈笑笑，坦然走向警车。

灾难是人性的试金石，罪恶的欲望一旦占了上风，就会掳住人的心智，魅惑当事人去走邪路。这期间，全国各地陆续发生以抗击疫情为名义的诈骗案。

转移完病号，涂先成看到一条新闻，气得当场想骂人。原来是浙江侦办了一起案件，犯罪嫌疑人打着卖口罩的幌子，骗了受害人170余万元。

可恨！嘴里蹦出这两个字，胡锦耀很罕见地严肃起来：习总书记都说了，疫情防控越是到最吃紧的时候，越要坚持依法防控。

兰亭序闻声凑过来，说千万别在咱辖区发生这样的事儿，如果让我碰上了，哼——

语气词表达了他内心的愤慨，发“国难财”的犯罪嫌疑人最招人恨。心里虽然这么想，但兰亭序还是希望不发案，不是存在懒惰思想，而是不愿看到人民的利益受到侵害。

真是越怕什么就越来什么，没过半小时，派出所接到警情，称有人举报辖区某小超市利用网购消毒液实施诈骗。兰亭序直骂自己是乌鸦嘴。说白了，谁也不希望出这种幺蛾子。

三人抵达现场，“铁将军”把门。再询问周围邻居，说这家超市早在春节前就关门歇业了。查超市老板，人正在老家孝感接受隔离，不具备作案条件。

在很多人眼里，有了结果就可以交差了，但他们不敢大意，通过指挥中心联系到报警人。对方声称绝对不会出错，有板有眼地说有可靠的证据。

什么证据？

发货单。

是你上当受骗了吗？

不是。

谁？

我也不认识。

问答之间，他们开始起了疑心，虽然报警人的语气异常坚定。对方似乎也感到不对头，立马表明自己是合法公民，实在是看不惯那些不法分子借着疫情趁火打劫。

报警人还真是热心肠，说要把证据送到荣华街派出所。让人出行就会增加风险，三人一商量，决定由对方提供发货单照片。

他们接到的是一张截图，上面的内容是某网络平台发布的求助信息，配图的确是发货单，疑似受害人把受骗经历说得很悲催。

把图放大，发货地点还真是那家小超市。宁可信其有不可信其无，三人向所长汇报，请求分局网监大队查找疑似受害人。

十几分钟后，锁定了目标，发布信息的 IP 地址就在小超市对面小区里。他们马不停蹄地赶过去，打眼一瞧，愣了。发信息的是个初中一年级的小男生，从前到后都是他自导自演的闹剧。

发货单是 P 的图，求助信息也是假的。男生的父母都是某厂的工人，生产的是市民必需物资，双双住在厂子里，把孩子一个人撇在家里，基本上是放养状态。

监护人不在场，而且也是在为抗击疫情作贡献，这让他们有点骑虎难下。

有过之前的教训，胡锦耀细声细语地批评这个男生：不能再胡闹了啊。

男生怯生生地点点头。他又提醒说，叔叔告诉你，这可是造谣，要负法律责任的，懂吗？

男生羞怯地说，我不是造谣，就是想报复小蕊。

我去，还另有隐情。胡锦耀脱口而出。

再问，男生把前后经过讲了一通，让三人大跌眼镜：男生看上了女同学小蕊，写过字条，被女孩报告给老师，以致家长被请到学校“喝茶”，他一直怀恨在心，才搞了这么一出啼笑皆非的事儿。

得，这熊孩子早熟，让他们虚惊一场！

看男生可怜，兰亭序帮忙煮了碗面条，小家伙可怜巴巴地说，叔叔，我想吃热干面。他伸出手跟孩子拉钩，说等春天来了，我带你去过早儿。

回到宿舍已经是下半夜了。胡锦耀躺在床上翻来覆去睡不着，他问两位师兄：疫情过后，你们最想干什么？

涂先成不假思索地回答：继续装孙子，多到老吕头那里走动走动。

老兰，你呢？胡锦耀又问。

没有回应，他听到的是呼噜声。胡锦耀不再吱声，跟自己一样，连续几天的忙碌，兰亭序太累了，挨着枕头就睡着了。

在时高时低、时断时续的鼾声中，胡锦耀肚子不争气地响了几声，他摸着肚皮喃喃自语：等疫情过去，先去吃几碗热干面。

他乐呵呵地想，热干面加辣子，越辣越棒，最好能辣出一身汗。

正在这个时候，手机铃声尖锐地响起。又得出警。三人一骨碌从床上爬起来，戴上口罩，检查了防护措施，急匆匆地去开车。

很显然，属于他们以及“青年汉警”，乃至大江南北那些藏蓝警察们的战斗，仍在继续……

【作者简介】初曰春，全国公安文联创作室副主任，影视专业委员会副秘书长，中国作家协会会员。

口罩警察

文/王宗伦

天刚蒙蒙亮，一组“战疫情”的照片就在“tzga 宣传群”传送了上来。有人问：“来得这么早？”值勤民警回复说：“不是来得早，而是没有走！”

从正月初一以来，我们就配合医务人员开展设卡防疫工作。我们组建的“tzga 宣传群”，每天负责收集各个卡点的工作照片来编发微信文章，为前线的警察同事鼓与呼。

正月初一到正月初四，老天爷都一直丧起脸，比人们的心情还阴沉。初五一早，老天爷终于露出了笑脸。“tzga 宣传群”收到的第一张照片，是一朵年轻的警花，戴着口罩，戴着手套，守在乡村公路的路口，她身后是一辆横放的警车。这辆警车，又陪伴了她一个晚上。

新年的第一缕阳光从她背后照射过来，照着警车，照着警花。阳光明媚，乡村宁静。警花刚强、挺拔、无倦。

这朵警花，也许是一名拖娃带崽的母亲，也许是一个结婚不久的新娘，也许是一个热恋中的女友。她是谁，我没有去追问。

我从“tzga 宣传群”收集照片编辑微信文章，更多的是“看图说话”，那些打动我的照片，必然成为我的最爱和首选。我从这第一张照片上，感受到的是年轻警花在危难面前的付出。我不知道她是谁，但我知道她没有在家享受新春喜庆，也没有享受天伦之乐，为了疫情不扩散，她与同事守在卡点上，又熬过了寒冷的一夜。虽然新年的第一缕阳光照射在她身上，但是这种“冷太阳”，还不能驱赶她身上集聚了一夜的寒冷，她还要等到交班的时候，才能回家暖和一下冻僵的手。

别问她昨夜劝返了多少车辆，也别问她一句话反复解释了多少遍，有这份坚守，有这份执着，已经足够！

2020 年的春节，注定是一个不平凡的春节。疫情汹汹，人心惶惶，他们也知道“宅在家里头”才是最安全的，但他们顾不了自己的安全，戴上口罩，奋战一线，守好各卡口防控点，把从疫区过来的车辆和人员劝回。他们是战斗在一线的实战部门，是接触病人和病毒最近最频的工种之一，风险非常大。其实风险大也不怕，最难堪的是口罩紧缺，许多人都是交班的时候，把用过的口罩喷点酒精，消毒后挂在窗口晾干，接班的时候又继续使用。

我从“tzga 宣传群”中，饱含激情又忍着眼泪挑选照片。你看：

深夜街头，“口罩警察”仍然在徒步巡逻。

滚滚车流中，“口罩警察”永远是最忙碌的“路标”。

夜晚来了，换岗的警察也来了。岗位永恒，初心永恒，换人不换岗，24 小时，“口罩警察”都在守护着这座城市。

那个看似孤独的身影，其实永远不孤独，“口罩警察”手中的对讲机，永远与县局指挥中心保持同一频道，全县“警情可视、警力可视、现场可视、调度可视”，“天网、地网”同步运行，守护平安。

特殊的时间——春节；特殊的岗位——卡点；特殊的警察——“口罩警察”。这一组组照片，构成了 2020 年春节特殊的风景。

无论城镇还是乡村，到处都有“口罩警察”不倦的身影。

戴着口罩开会，是有史以来最“严密”的会议。无论是视频中的公安部、省厅、市局，还是我们桐梓公安分会场的参会人员，全都戴起口罩。“口罩警察”成为最醒目的“警”色。警察要带头示范，让老百姓也戴起口罩来。

我当了将近 20 年的辅警，我感觉“口罩警察”正在接受最严酷的挑战。警情就是命令，疫情就是命令，哪里需要就冲向哪里。“口罩警察，向您致敬！”

凛冽的寒风，恐慌的疫情，挡不住“口罩警察”的步伐。在城市街头、在高速公路收费站、在乡村集镇、在苗乡村寨、在娱乐场所、在白雪皑皑的高寒山区、在边远的山村路口，到处都有“口罩警察”配合白衣天使，严格控制传染源、切断传播途径的忙碌身影。

不放过任何一个角落，守好每一寸疆土。

奉献不分时节，人民警察早已习惯了“舍小家顾大家”的节奏。只是2020年春节的“口罩警察”，更加充满了战斗性，更加令人难忘而已。因为，早已习惯了——奉献！

有一张照片，差点让我的眼泪流了出来。一个在高铁站执勤的小伙子，看着急匆匆的人流，蓦然回首。这一瞬间，“口罩警察”流露了期盼的眼神，令人心酸。他是谁的父亲？又是谁的儿子？谁不想回家？谁不想团圆？只因职责在肩，只能目送旅客走远……

旅客们匆匆的步伐，离家越来越近，心儿越来越暖，而“口罩警察”，却依然坚守岗位，有家不能归。

“tzga宣传群”里面的一组组照片，让我波澜起伏，亦惊亦喜。最后，我用了一张“口罩警察”深入武汉返桐人员的家中嘘寒问暖的照片，这张照片传递了党和人民共同抗击疫情的坚定信念。《孙子兵法》中有一句话，叫“上下同欲者胜！”党和人民齐心协力，就没有战胜不了的疫情！

【作者简介】王宗伦，现供职于贵州省桐梓县公安局。贵州省作家协会会员。

回　家

文/顾颖颖

光刺破云层，“司南鱼”上披上了一抹金色，仿佛正要纵身一跃，回到大海。

母亲在凌晨4点发来微信：元宵，做汤圆。我也是简明扼要：不回家。手机往前翻记录，母亲每天都雷打不动地发一条消息，却没打过一次电话。

母亲四十五岁一次性考过了驾照，却到五十岁才学会用微信。她打我电话，我要么不接，要么敷衍地说过会儿回过去，却总忘了回。她下定决心，终于买了部智能手机。

消息里从没重要的话，重要的话又从来都不说。开电瓶车上班路上摔伤了手臂，单手开回家，自己去医院打好了石膏。我气得直跳脚，问她要手机做什么？她竟笑着说，给你发消息啊。

可消息里永远都只有那几句：何时回家？回不回家吃饭？

大概每个中老年妇女都一样，住在三楼那位阿姨就是这样。她犹豫着叫住我，问我能不能教她发微信。

她以为我不会再理她，因为下午她在我面前大吵了一通。

她说湖北人不是贼，凭什么不让人出去，她要回家。她大哭大闹，气势比外边的海浪还汹涌，原本焦躁的大楼，更加人心惶惶。有从房间探出脑袋来的，有隔着口罩骂骂咧咧的，也有立马掉头大步走开的。

我劝了她好几个小时，还把钟南山教授搬了出来，我说人家八十好几了，不也没回家。

她消停了好一阵，又开始吵起来，说屋里头太冷，空调都不开。我又花了好些工夫，向她解释了中央空调循环下的空气好比一个游泳池，而开窗通风就是山涧源源不断的溪流，不用比，就知道哪个水质好。

老人也是小孩，哄好了，就再也不吵了。

不过屋子里的冷，是真的冷。宾馆里只剩下几个服务员，其中一个给我们打开电视，播放最新的疫情消息，她的手红肿，还在发抖。

我们这些参加隔离点值守的人，互相宽慰着，好像多说几句暖心的话，就能让空气热乎起来。有人说，穿上警服就好比铁甲护体，这金刚之躯可是百毒不侵；有人说，万众一心众志成城，中华民族可是威武雄狮，怎会惧怕这小小病毒；有人说，冬天已经来了，春天还会远吗？也有人说，等春天来了，我要约那姑娘去奉贤看花海，这次一定不能再怂了。

一众人哈哈大笑，朝着那小青年望去，清一色的口罩，不知道他脸红了没有。

我反复搓着手，掌心渐渐暖和了起来。望着窗外，除了稀稀拉拉的车子，就只剩下一排排坚挺的树。而我的战友们，就是这一排排的树。

武汉封城的消息穿过长江，上海开始查控所有来沪车辆。从大年夜开始，队里就开始轮班站岗 S2 高速口。凌晨温度骤降，高速口没有多少车，但我那战友没有丝毫懈怠，一直从天黑站到天亮。站岗不算什么，忍受漫长的黑夜更不算什么，这是每个警察的必修课。我们曾在西北灌风的巷子口守了一夜，却还是没等到目标的出现；我们曾钻进满是蚊子的草堆里，第二天顶着满脸的红包审讯嫌疑人。这一夜又一夜，有空白，有收获，但我们从不辜负每一次努力，我们也从未感到过孤独，看着万家灯火，我们反而不自觉地嘴角上扬，因为守着夜，就是守着家。

我那战友就是这样，总是相信黎明会给自己一个微笑，即使疼痛蔓延了整个夜。去年夏天他出了车祸，双腿骨折，可不到半年，他又回到了我们当中，抓捕、侦查，好像那冰冷的钢筋丝毫没有影响那沸腾的血管，好像我们都忘了他受过伤。这次S2高速查控，他依旧站上岗位，又始终没有说过一句，这没养好的伤最容易造成习惯性骨折。我们不知道的是，一同站岗的队友不知道的是，就这样连续站了几个小时的人，当时脚踝已经骨折。这到底该有多痛！在那防护镜下，或许是一双因疼痛而泛红的双眼；在那口罩下，或许是一张因强忍而辛酸的脸。但那坚挺的身板，依然站成了一棵树，依然站成了一面城墙！

还有我那战友，妻子过了大年夜就没回家了，白衣天使是真正的天使。他将不满一岁的孩子放在父母家，自己又出来巡逻防控了。面对一车五名湖北籍人员，而其中一人正发着高烧，他让年纪大的队友往后让一让，说这病毒更爱招惹老年人。他让年纪小的队友也让一让，说这处置必须严谨，自己更擅长。和平时所有任务一样，他总有一个“必须是自己”的理由。

还有另一位战友，谈恋爱的时候总放女朋友鸽子，最后连婚礼也放鸽子了。原本说好的日子，因为出差追逃，专案侦查拖延了几次。好不容易下定决心定下年初六这个喜庆的好日子，连喜帖都发下了，又被一场突如其来的疫情搅黄了。他老婆倒也体谅，婚礼只是形式，关键是两个人能守护在一起，特别是这共患难的紧要关头。谁想到，他又偷偷报名去参加看守所增援了，一个月都不回家。他说自己怎么就不爱老婆了，父母住得远，看着老婆一个人在家，青黄不接地连吃了好几天的泡面，自己心好疼，但关键时刻，必须舍小家、顾大家了。

我在想，我的这些战友们，他们是否也在寒冷中搓着手，搓着搓着，掌心就暖和起来了？等隔离结束了，我一定要问问他们。

新闻播完了，确诊和救治是大家都关心的话题，但脑子里有一个回想，并不能记住这具体的数字，只记住了一件事，那就是：情况一天比一天好了。

我在走廊里巡逻，那个阿姨叫住了我，原来隔着口罩，也能分清谁是谁。她说手消过毒了，手机也消毒了，又说女儿一直在国外，想打电话给她，但屋子里信号不好，得下载个微信。

我就像教我母亲那样，一步步演示给她看，又帮她设置了笔画书写。

她在我面前试着写字，写了一句很长的话，删掉，重新又写了一句，又删掉，来来回回地改了好多次。最后她自顾自地笑着，写了几个字，就发送了。

大概天底下的母亲都一样，留下永远糊涂的孩子。消息上只有八个字：一切都好，不要回家。

阿姨说有个热水袋，要给我，我说这一身正气不会冷，她呵呵地笑着，指着窗外的“司南鱼”雕塑说，和那鱼一样正气。

我告诉她，“司南鱼”有个传说：幼鲸搁浅被渔民所救，重返大海后频频回首，终其一生守护海堤。

这几天我都醒得很早，看着太阳从海平面升起，金灿灿的阳光洒满世界的感觉，真好。

我给母亲补发了一条消息，想不到母亲立马就回复了：妈妈在，不害怕，等你，回家。

我摸摸这疯长的头发，心想着，都三十好几了，还当我是孩子呢。顺着头发往下，我摸见，一滴泪正悄悄流下来。

【作者简介】顾颖颖，现供职于上海市公安局浦东分局。

抗“疫”指挥部里的“小保安”

文/穆蕾蕾

正午时分，走在人烟稀少的鼓楼旁，我有一种不真实的感觉。于是绕去回民街又看了一眼，除了封锁的红线和旁边值守民警，所有店铺都在低头沉思，陷入了对往日的回忆。车水马龙、人声鼎沸的城市中心，此刻降温至此。一座美丽的古都，突然变成让人提心吊胆的空城。原本颇不喜欢热闹的我，也涌出了莫名的哀伤乃至思念。

可我还是把凝滞的自己从思绪中往回拉了拉，带入到指挥部门口。说是指挥部，其实就一个大会议室。一进去，有两个小伙子蜷缩在后面的凳子上午休。我的脚步声吵醒了其中一个，他走过来，个子不高，白净，微瘦，得知我想了解一下抗“疫”工作，采访相关领导，他说领导们都去北客站检查工作了，我说，那你和我先聊聊吧，我了解工作，也不一定针对哪个人。

会议桌上，放着一个简易的打印机和一沓文件盒。这个自称小张的小伙子把几个文件盒给我递过来说，姐，你要不先看看这沓文件，了解一下情况，我去洗把脸喝口水。文件里有很多近期简报，我正翻看着，他走过来，这次我看清楚了他，眼睛不大，洗完后眼泡还有点微肿，看样子是没休息好。

在应急处突科工作的小张，算是对突发事件有些经验。可各省纷纷启动公共卫生事件一级响应时，在他心里，还是有点茫然。他知道响应后，警察会非常忙，可这百年不遇的突发事件，到底要如何从细节上做好呢？等初二全部停休上岗时，小张被抽到指挥部，在工作部署大会上，有点发愁的他却发现，原来上级早都有精密部署。

但把总体部署细化时，最初三天，指挥部还是每天都在不断开会，商量方案和操作流程。等方案制定出来，第二天下去检查调研，却发现原以为无比完美的方案，在实际执行中仍然漏洞百出。于是又反复更正，重新下去调研，收集情况，然后晚上再连轴转。那阵子，熬了三个通宵的小张，回到家里就跟软瘫了一样。妻子一看他憔悴的模样，心疼地说，你们这是要把人往死里干吗？小张说，我们所有同事都很辛苦，我们这么拼命，还不是希望通过切切实实的努力，阻断疫情蔓延，多救几个人。还不是想要保护家国，保护好你们。在家隔离的妻子听着这话，又理解又心疼，最后却抱着小张难受地哭了。

我也有点儿感动了，就把目光完全转向小张。我希望这个小张能变成大张，希望他的小眼睛能变成大眼睛，希望他把内在所感受到的，把眼睛里曾经看到的，都向我倾倒过来，让我透过他的存在看看抗“疫”一角。

给一直在讲述的小张茶杯里添了点水，我指着简报上民警毫无粉饰的话语，对小张说，我也是这种感觉，很多民警都想切实为这次疫情做点事，都是实打实在硬扛。分局这位民警，在父亲去世时不在身边，却说：“我的父亲是个党员，他一定能够理解，在疫情面前，尽忠就是尽孝。”这话往日听着多么矫情，可在关键时候，又总是那些最不新鲜又老掉牙的话语，给了他们力量，也给了我触动。还有“一个支部就是一个堡垒，一个党员就是一面旗帜”，这种话以前会感觉它的内在好空洞，但现在很多人用担当把这些话顶起来，我才知道，这些话语多么有力量，它不是话语，它是用肩膀、用命扛起来的。

对啊，不遇到事情，使命感就出不来。小张摇了摇自己的脖子继续道，这次抗“疫”以来，作为家里的独生子，我父母也很挂念我的安全。我自己也问过自己，疫情乃至生死面前，我恐惧吗？我当然会有恐惧，但我绝不会退缩。在我身后，就是我出生的城市，我的家人。其实不光是我，我觉得我们指挥部，现在所有公安民警最朴素的愿望，就是想要为抗“疫”实实在在出一份力，让灾难早日过去，让我们的生活都能正常起来。有时熬夜加班到凌晨三四点时，整个人都木了，眼睛都快睁不开了。但能够支撑人顽强工作下去的，是意志。我心里明白，我们现在是打一场没有硝烟的战争，和病毒在赛跑，谁做到位谁赢。抗“疫”这件事说起来，非常崇高，也特别神圣，很多人是用自己的生命，在佑护更多人的生命。

鼻子有点儿发酸，为了避免这样，于是我赶快岔开话题说了一句话，我会把你的感受和故事写下来。小张说，别写我，我有啥写的，抗“疫”是党和政府、所有公安民警一起完成的，老百姓的支持和功劳也不可磨灭。姐姐，我和你说说前天去买药的事吧。前几天我在搬东西时把手磕破了，就去药店买点创可贴。药店门口要我登记，量体温，因为这些具体措施都是我们制定的，看见基层执行得这么好，这么支持我们的工作，我心里真的很欣慰也很高兴。由于当时穿着警服，老板一见我，马上格外支持，他大概是怕我豁开帘子进来，又多一重污染危险，所以马上说，这位警察同志，你不用进来，你告诉我要啥药，我进去给你找到拿出来。我当时真的挺感动，老百姓是这么体贴爱护我们，我们所做的事情，老百姓是看在眼里，也放在心上的。

是啊，人心都是肉长的。我边点头，边加微信，小张打开二维码，一扫，名字冒出来却是“小保安”。

我看了一下他的臂章，一名实实在在的警察。就忍不住问，为何好好的警察，要给自己起名小保安呢？

小张笑了，他说，我好文不好武，在特警队时，体能训练总是比较落后，心里就觉得自己不够当一个警察的基本资格，所以调侃自己是小保安。

停顿了一下，喝了口水，他继续道：但在指挥部的日子里，我感觉又找回了不一样的感觉。在连续熬夜奋战不歇的辛苦日子里，我有一阵子感觉特别绝望。因为上级对公安机关的要求，是要处理得又快又好，不能出现任何纰漏，我觉得简直不可能完成。对于基层民警的布置也是既要严格检查，又要快速通过；既要不漏一人一户，又要保护民警生命健康；既要方便基层使用，又要尽最大可能缓解基层压力。这不是相互矛盾吗？并且，这次是用警察在逮病毒，在截断很多病源的传播。民警迎难而上，本来风险就很大。指挥部里一个命令下达后，基层民警都快要跑断腿了。所以，我特别希望尽快修改好方案，不要再改来改去，折腾基层民警了。可情况又一直在发生变化，出现的新情况又必须作出调整和修改。所以在无数遍推翻又重来中，我一度特别绝望。可绝望时，我发现那个绝望的心态，是我把抗“疫”这个事完全当作了我自己的事在做，我不是把这个事情当工作在干的，我是想为抗“疫”出真力，是期待自己拼命付出，能够让疫情早日消除。看到这一点的那一刻，我心里开始觉得自己够当一个警察的资格了，不过给我妻子打了个电话，说起这个感受时，没想到她听到后，又在电话里哭了。

你好棒，我不由得竖起大拇指，真心说完这句话后，点开了小张的朋友圈，想看看这个给我带来很多感动的小伙子，朋友圈中会流露出什么不一样的日常。点开后看到从抗“疫”以来，小张在朋友圈发的两则微信。一则是大年初三凌晨5点半，小张发了一张西安市公安局大院内灯火通明的照片，配文是：“守护全世界最好的西安。”另一则是小张发了诗人郦波的一首诗：

家国

如今之“战疫”，
乃一身之事，一家之事，
更是一城之事，一国之事，天下之事。

从秋瑾的“如许伤心家国恨”，
到梁任公的少年中国说，
到最美逆行者们驰援荆楚，
所谓仁人志士，
不过就是怀揣着一颗名曰“家国天下”的赤子之心。

【作者简介】穆蕾蕾，现供职于陕西省西安市公安局。中国作家协会会员，全国公安文联散文分会副主席，全国公安文联签约作家。

寻找春天的脚步

文/卢嫈

在陈俊的手机微信运动步数排行榜里，这一个多月来，他总是占据了众多好友们的微信运动封面。

忙，陈俊是真的忙。

陈俊是江苏宜兴湖㳇派出所的一名民警。这不，从小年夜到现在，他还没休息过一天。

不是陈俊不想休息，而是他忙得顾不上休息。

可原本，这个春节，陈俊并不是这么安排的。

“闺女上大学回来了，这个寒假，可得多陪陪她！时间都去哪儿了？咋这一眨眼工夫，娃就长大了？以后，想多陪陪都没有机会喽！”陈俊在心里悄悄做了个计划，“都说世界这么大，我想去看看！等春节值完班，找个时间，好好陪她娘俩出门去转转，来个小惊喜！”

可谁想到，春节前夕，一场突如其来的“新冠肺炎”疫情，又一次将陈俊的计划打乱了。

1 月 23 日，小年夜。这一天的上午 10 点，湖北武汉封城，全国各地的防疫形势顿时紧张起来，江苏宜兴也不例外。全市公安机关重点针对近期从湖北武汉等地流入人员以及发热人员进行全面排查，做到不落一户、不漏一人、不留死角。

这一天，是陈俊的农历本命年生日，他忙得没顾得上和家人一起吃蛋糕庆生。也是从这一天开始，陈俊的脚步变得更加匆忙起来。白天，他穿梭在辖区出租房，一家家上门走访，核实承租人是否从外地返宜，对于返宜的，立刻联系村委会配合上门核查，询问其近期活动轨迹、是否接触过重点地区人员等情况。晚上，他放弃休息时间走访辖区旅馆、民宿，确保无重点地区人员入住，并告知业主相关规定。不过晚饭时，他还是抽空去看了一下父母，陪老人吃了碗面，也算是提前陪他们过了个年。

1 月 24 日，大年三十儿，春节长假第一天。陈俊还是像往常一样下沉到了社区。他知道，非常时期，自己多一户防疫防控隐患排查，就能让老百姓多一点安全保障。

这一天，他和辖区辅警排查到了一户农家，一家四口人分别于 1 月19 日、21 日从武汉回来！他随即会同村委会上门，对这户人家进行居家隔离医学观察，并安装了智能监测设备。这样，工作人员就可以通过客户端实时监控动态，一旦居家隔离对象自行离开，通过监控平台可即时发现，迅速处置。这也是宜兴公安借助科技手段，大力提升工作效能的一项创新措施，该智慧警务“云监控”也在全市范围内推广运用。

1 月 25 日，庚子年大年初一。陈俊又起了个大早，匆匆忙忙地出门了。

从丁蜀到湖㳇，沿着风光旖旎的阳羡生态旅游区一路前行，路两旁是高大的香樟树，苍翠的拱形树冠掩映着道路，像极了一条绿色的时光隧道，远处是绵延不绝的茶园，顺着山势此起彼伏。约莫七八分钟后，眼前豁然开朗，一片波光粼粼的阳羡湖浩浩荡荡地出现。就在这深氧的湖畔山间，深藏着一个叫城泽村的自然村落，近年来，一些有经济头脑的村民纷纷将农房改造成了民宿，再加上美丽乡村建设的感召，环境越来越宜居，吸引了不少外地游客，甚至还有组团来过年的。

庭院深深、远山如黛，置身这回归田园和自然的山水美景，这本该是一个多么美好的新年伊始！可此刻，陈俊却是心急火燎，他顾不上驻足欣赏，直奔一家名叫“湖畔人家”的民宿。

“老崔啊，你听我说，你是 13 日去了武汉，当天回来。按照‘新冠肺炎’疫情防控相关政策，从疫区回来，需要在家隔离 14 天。

13 加 14 等于 27，也就是说，你还要在家隔离到 27 号，在这之前，你一步都不能迈出这个大门。今天 25 号，还剩下两天！坚持一下，等风险解除，就可以出门了。你平安了，你们一家人就平安，我们大家也都平安咯！”陈俊一进门就直奔主题。

“不光老崔你，你们一家人都要居家医学隔离。你们也不要有什么顾虑，家里急缺什么生活用品，我们帮忙买，生活垃圾放在门口，我们来处理……你们也都要戴好口罩，碗筷分离，做好防护，避免交叉感染。”原来，前一天晚上，根据大数据排查出来的数据显示，城泽村村民老崔年前去了趟湖北武汉。疫情就是命令！防控就是责任！陈俊迅速将信息核实落地，一大早就带着社区干部和防疫卫生等部门工作人员找上门来。

“对了，现在住店的客人也要进行居家隔离。”陈俊话音刚落，原本在一旁轧闹猛的几位客人听说也要被隔离，急了，“我们又没去武汉，做啥要隔离？”

“家里有事情呢！明早要回上海咯。”

“单位值班缺勤扣钞票，侬赔伐？”

原来，小年夜，老崔的民宿里来了一批上海、江西等地的客人，老老少少有 20 来人，是一大家子的亲友团，组团来宜兴山里过大年。原计划，他们大年初二退房返程。听说要延长隔离到初三，一个个情绪有点激动。

陈俊了解情况后，耐心地做起政策解释工作，同时，妥善协调好客人们居家隔离期间的饮食问题。考虑到隔离导致了延期一天，涉及住宿，陈俊迅速和派出所领导汇报，最终，由相关部门协调解决了房费。客人们见眼前的这位警察说话有理有据，安排又细致贴心，也都不好意思了，表示理解并支持工作。

两天后，老崔居家隔离期满，所幸，安全解禁！

就这样，陈俊在忙忙碌碌中度过了鼠年春节，他会同村干部一起针对辖区内的所有住户进行地毯式排查，先后排查了出租房 30 余家，排查旅馆、民宿 80 余家，张贴通告 200 余张。

陈俊今年四十八岁，他是湖汉镇洑西村的一名社区民警。这也是他在这里工作的第十个年头。3600 多个日日夜夜，他用脚步丈量着这里的山山水水，也对这里的一草一木有着浓厚的感情。

洑西村位于宜兴阳羡生态旅游区的西南，竹修林盛，洞天福地，由城泽村等 5 个自然村落合并而成，辖区面积 22.13 平方公里，目前，有常住人口 4500 余人，暂住人口 1780 余人。近年来，随着旅游业的蓬勃兴起，风景秀丽的洑西村也抛出橄榄枝，吸引来了金凤凰。宜兴有史以来投资体量最大的生态旅游业项目“雅达·阳羡溪山”，一个藏在宜南山区里的“山水小镇”、以康养为主题的文旅小镇落户于此。该项目被列为2018年江苏省重大项目、2019年江苏省重点旅游项目，总投资80亿元。

塔吊林立，挖机轰鸣，推土机、压路机有序施工作业，运输车在工地上来回穿梭，2000余名建筑工人热火朝天地建设，这是日常工地上的生动场景。可这个春节，随着工人们返乡过年以及随之而来的猝不及防的疫情，让整个工地突然地安静下来。

1月24日，江苏实施疫情防控一级响应，地处江浙皖三省通衢之地的宜兴，管控形势也变得严峻复杂。市、镇、村（社区）层层设卡，社区门口、村口等都设立了执勤岗点，严格盘查，严禁外来人员进入，最大可能地降低疫情风险。

“雅达集团的工程量庞大，目前进驻的建筑公司、装潢公司就有22家，现在疫情形势这么紧张，一定要守住防疫防控这道坎。”1月27日，大年初三，陈俊有些不放心，他再次来到雅达集团工地查看。

“我们都不是本地人，现在村头、路口，走到哪都有人设卡，我们不敢出门，怕出去就进不来了。可饭总是要吃的，快要断粮了!”在工地上的生活区里，陈俊找到了留守工人，有18人，分别来自四川、云南、江西等地。工友们本想留下来早点开工，却没想到这场疫情不仅让复工日期成了未知数，连温饱都成了问题。

陈俊随即与村委会协调，由村委会或村民代为采购，妥善解决了工人们的食物及日用品等的保障问题。断炊问题解决了，接下来新的问题又来了。

随着疫情防控形势的好转，2月中旬，宜兴实施首批企业复工。建设方雅达集团的部分管理人员也先期抵达宜兴，进行复工前的准备工作，陈俊往这里跑的次数也越发勤了。“工人健康安全！工程才能安全，复工才有保障!”每次上门，他总是时刻绷紧了安全的弦，不忘提醒对方。他通过密“巡”、严“管”、重“防”，时刻关注建筑工地状况，全面摸排，严密防控，实时掌握来宜人员情况，全力做好保障工作，助力这一江苏省重大工程的“硬核”复工。

2月下旬，工人们陆陆续续地复工了，陈俊指导雅达集团加强外地来宜员工的登记管理工作，凡是来宜务工人员一律注册并使用电子通行证“锡通码”；每天上工前，员工必须进行体温测试；部分地区来宜人员需先进行居家隔离，核酸检测结果为阴性才可返岗复工。

“有了‘锡通码’帮我们企业把关，可以精准防控疫情，加速帮助我们企业全力复工。”雅达工程前期负责人王超说。

因为连续一个多月的加班加点，忙前忙后地跑，陈俊腿上的老毛病又犯了，又酸又痛。那是几年前，在一次接处警值班工作中，他被车撞了，造成左腿胫腓骨粉碎性骨折，伤残八级，留下了后遗症。可陈俊并没有停下匆忙的脚步，他说，现在正是全力保障企业复工阶段，自己多摸排出一份疫情线索，企业复工复产就多一份安全保障。

这些天来，陈俊的心里也有个小小的愿望，他的妻子是丁蜀镇防疫指挥部的一名干部，她和他每天各自奔赴“前线”，默默坚守在基层防疫工作最前线。她也经常忙得顾不上回家吃饭，工作起来总是连轴转。他说，妻子也太辛苦了，等春暖花开，疫情过去，一定得好好陪她出门走走，这次，自己可不能再爽约了！

【作者简介】卢燮，现供职于江苏省宜兴市公安局。中国报告文学学会会员，江苏省作家协会会员，江苏公安作家协会秘书长，全国公安文联首批签约作家。

口　罩

文/程华

1月22日，中国警察网发布一条信息并迅速在全国同行手机上刷屏：@所有一线警察，请收下这份安全提醒，务必注意疫情防护！

一场硬仗打响了。

按照常规，总队春节仍分前后班，大年初三为交接点。即是说，到初三我就能休息了。因休假时间不对等，每年春节我家多是两地分散，儿子和他爸爸去海南，我留守重庆。不是不可以提前购好初三去海南的机票，譬如去年，未发生大的突发事件，我交班后也飞过去了。但考虑到工作的不确定性，今年我没有购票。事实证明，我这次没买票是对的。

自看到中国警察网的信息，结合近日疫情发展态势，我有强烈预感：今年极可能取消休假。

一位派出所同行发了一条朋友圈：工作任务完成，可以回家过年了。后面跟着一串开心的表情。照片上，他们戴口罩坐在外地回渝的机舱里，露出笑成弯月般的眼睛。异地追逃大功告成，盼望回家团聚乃人之常情。

1 月 24 日，除夕，果然接到通知，全警停休。前班的继续上，后班的火速赶回。干我们这行的都了解，临时停休并不鲜见。

警令一出，必须执行，不折不扣。这是铁律。

次日早，大院里人和车多了一倍，几天前兴冲冲自驾和飞出去度假的，一个个现身大楼。只有极少数实在无法及时改签的打电话来，急急申请晚半天归队。有的则二话没说退了出行机票。全市公安机关快速而有序地运转着。

门口武警戴上了口罩和护目镜。全局紧急筹集口罩发放到各部门，每人两只藏蓝色警用口罩。“用一阵就要更换，怎么够?”后勤部门也心急如焚了：“正全力想办法。先喷酒精用着。还有以前发的防霾口罩呢?”“如果酒精用完了怎么办?”“隔水蒸!”

翻遍被装柜，找到口罩的兴高采烈，一时没找到的有点失落，我属于后者。大院民警、辅警几百上千，每天要外出工作，要面对风险；余下的工作、开会、吃饭都在院内，电梯间、伙食堂、办公室、会议室成了高危地带。尽管伙食堂立即由聚餐改为分餐，规定自带餐具戴口罩取餐后分散就餐，但也存在潜在风险。

警保部门全力筹措，但事发突然，市面口罩匮乏，一时恐难周全。各部门也在多方设法，但临时调货也需要一段时间。

疫情步步紧逼。

1 月 27 日，大年初三。勤务继续运转，总队按照市局部署抽派大量警力外出开展工作。吃饭成了问题。正值春节外加疫情扩散期，餐馆几乎全部关门。出差的带着方便面，沿途找开水泡面都有点困难。

街道空荡荡的。我开车寻了四家药房，均答“没有”。有一家估计问的人太多，刚到门口，戴口罩的店员便冲我喊：“姐姐，没有啊!”我当然明白她说的“没有”是指什么。

口罩，口罩啊！我怏怏地发了一条朋友圈。

原本想宣泄下焦虑，没想很快就有回应。有教如何给口罩消毒延长使用寿命的；有传授自制口罩土法的；有发网店链接的。令人喜出望外的是，有几个熟悉或不那么熟悉的人说，我给你一些。

一位热心的老先生发来住家位置，让我随时去取。老先生温和慈祥，年逾古稀仍阅读写作，我们偶有微信交流。此次病毒对于老年人特别“眷顾”，我又怎忍心分走他的护身符?“警官，不要推辞，我还有。我和夫人这些天听政府的都不出门，你们天天上班得保护好自己!”还有一位是武警学院刚毕业不久的小伙子，反复说他家的储备真的够了，他也不上一线。终于，我动心了。

1 月 28 日，渝中区某小区确诊 1 例，分局民警在楼下拉起隔离带、支起帐篷。寒冬腊月坚守半个月，苦、累、险自不待言。万一他们也中招了怎么办？战役渐入白热化，警力本就不足，我们一个都不能倒啊！踌躇再三，我联系了派出所同事和老先生。

很快，派出所同事送来了口罩。我们戴着口罩在门口交接，几乎没说话。都干这行，无须多言，这份情谊，我记着。当晚，小伙子快递的口罩也到了。能分些给支队同事们了，外出工作多了一份保障。

1 月 31 日，阴雨。我驾车导航到达老先生小区外。他不让我进小区，说尽量少接触人。他递给我一只口袋，叮嘱我回去用之前先喷酒精消消毒，又说里面还有一瓶风油精，憋闷了滴几滴会好受些。

“警官，你们只有保护好自己，才能保护群众！我相信我们一定能赢!”

“我也相信!”

上了车，隔着玻璃望去，雨中，身材瘦弱的老先生朝我挥手，眼里满是笑意。我轻按两声喇叭，眼泪掉了下来。

【作者简介】程华，现供职于重庆市公安局。重庆市作家协会会员。

迎春花儿开

文/韩冬红

让疫情闹得，竟然让我这爱花之人忘记迎春花开了。在人间，怎能断烟火？去超市购物，看谁都像病毒携带者，随时携带75%酒精手消和一支带盖的圆珠笔，触摸了门把，喷手，一进屋，手消喷嘴对着鞋底一阵喷酒精，那支圆珠笔是按电梯键的。绝不允许陌生人与我擦肩而过，我看见他（她），早已自动画个弧形，加快或放慢脚步，甚至我还担心一个人外出时，遇到陌生人突然扔出一个喷嚏、抛出去一口痰。然而，当我看见全国的警察同行因公殉职的数字同疫情一样不断攀升时，为自己过度的神经兮兮惭愧不已，战友们出征前也怕，他们也是肉体凡胎，是职责驱使他们忘记自我安危，投入这场没有硝烟的战役中。

成安县公安局政治处负责宣传的辅警贯建军，就是投入战争中的一个。建军去的那个卡口与临漳近。临漳是小时候课本上西门豹投巫治水的地方，是魏武王曹操起家的地方。由于紧临漳河，故而更名临漳。临漳疫情比成安相对严峻，车、人从这里通过，必须出示身份证、量体温。在来来往往的人员中，谁又是被感染者？像是写满号码的体彩，根本猜不出，兴许建军与他的战友们凑近的一个人就是，他们无疑为自己带来了可能被感染病毒的风险，成为不知不觉中踩中“地雷”的那个人。但这是工作，也是各地设卡的理由，放过一个，很有可能会殃及一个家庭、一个单元，或者一个村、一座城，必须时刻保持高度警惕，你来与不来，我都在这里。

那天，建军在卡口执勤时，迎面驶来一辆大卡车，车前的大红绸上写着“支援武汉，武汉加油”，一问得知是志愿者为武汉运送完急需的医疗物资回来。建军为志愿者司机测量体温，详细询问他的行车路线后，向值班领导报告，将卡车引停到指定地点，对卡车进行全面的消毒处理，最后还同疾控中心人员一起用 120 救护车将司机送到指定的隔离地点。就这样建军与“旅居”武汉史的志愿者，密切接触了一回。又一次，建军正在交接的当口，发现一临牌车中载了一位高热病人，患者体温 39.5 摄氏度，咳嗽不停，患者自述得了肺炎到市一院接受治疗。经进一步了解，原来患者是大名县的，得了大叶性肺炎，要去市一院。同车人员自称和呼吸科专家预约好。为提高效率，建军和卡点人员立即同院方取得联系，建议派专车转运病人和家属，还对病人所乘车辆进行了全面消毒处理。

按说建军有充足的理由不上卡点。他右腿因公伤残，伤是在部队时留下的，建军服役的部队是空军建设的一支一流的拳头部队，长年战备轮战，在一次高强度的军事训时他的右膝盖扭伤，他不得不离开他心爱的军营，回到地方，机缘使他成为县局的一名辅警，一年、两年……在平凡的岗位上工作着，做事喜欢追求完美的建军，早已忘记自己有条病腿。2017 年，在看守所，因一心想拍出角度最佳的照片，右脚到了最危险的边沿，浑然不知踩到一个残破且虚掩的井盖上，只听“咔嚓”一声，他的右膝关节半月板撕裂，重建的前交叉韧带再次断裂，他住进了邯郸市中心医院，医生建议他转入北京更好的运动创伤医院进行右膝关节前交叉韧带翻修手术，可他捉襟见肘，只进行了半月板的切除成型手术。术后不满四个月，拖着病腿又回到了工作岗位上。

在卡点一站就是 6 个小时，累与苦并存。卡点往往设在国道口、高速口，空旷、无人，比有生活气息的城市至少低 5 摄氏度，露天站在零度以下的路口，不出半小时，周身似跌入冰湖，白天略胜晚间，晴天又胜过阴雨天，一冷，索性泡一包方便面，为自己驱驱寒。

对于冷，建军说不怕，怕的是站久了右腿僵硬得难以打弯，用指甲掐，木木的，毫无痛感，也只能回到单位坐下来歇上半天，腿才慢慢恢复知觉。可建军从不叫苦喊冤，还把赞美的目光投向并肩作战的白衣战士。这个漫长的春天，医生、警察，都放下个人安危站在阻击疫情的第一线，冒着被可怕的病毒感染的风险。就这样，一首《与白衣战士肩并肩》歌词从胸腔中喷涌而出。艺术来自生活，又高于生活，这首歌一问世，迅速传遍燕赵大地，被中国艺术报、河北音乐、邯郸文联、良心音乐等微信公众号平台相继转发。

还有交巡警支队邯山一大队的副大队长袁清波，也是为了工作，什么苦都能吞下去的铁骨铮铮的汉子。清波住简易板房，顿顿方便面，和 4 名队员只为一个理念“卡住一道口，守护一座城”。京港澳高速邯郸南口位于市东南部，平时每日车流量达 6000 辆，疫情发生后，车流量虽骤减，但仍达 600 余辆，人流量 800 余人次。每过一辆车，袁清波左手抬起，示意临检车辆停靠，右手敬礼提醒驾驶员出示证件，做好体温检测准备，同时，还要引导车辆在指定位置停靠登记信息。日复一日，重复着数百次的提醒。

袁清波患有腰椎间盘突出，站久了腰疼得像有根针在扎（之前他在政工部门长期爬格子留下的病根），自己揉一揉，继续投入工作。到卡口没几天，小腹隐隐作痛，他知道自己的阑尾炎犯了，可他不想请假，他知道队里警力都放在了街头，如果自己休息，人员就要重新调整。这天傍晚袁清波感觉小腹较前几天痛得厉害，通过反光镜见自己面色蜡黄、口唇苍白，但现在急需调整勤务方案，他选择回单位，谁知方案没写完，肚子竟像刀绞一般，他只好向父亲求救，父亲把他送往医院，医生反问，病人是做什么工作的？再来晚会儿就没命了！医生自然不知道，这个病人坚守卡点 12 天，参与排查人次近 5000 名，车辆近 4000 余辆。

有一天，听交巡警支队的人说，袁清波术后清醒的第一句话就是，我得去卡点！我跟袁清波熟，知道这事他能做出来，因为他爱说一句话，只要靠自己的能力能过火焰山，我就绝不拉上第二个。

迎春花像是被谁点燃，噼里啪啦，为陈旧的松竹染上新绿，为褐色的柳枝涂上鹅黄，为落寞电线画上飞燕。我所在城市的“新冠”病人差 3 人，清零，邯郸成为河北省首个复工的城市。全国“新冠”数字已经由 4 位缩小成 3 位，无数个像贾建军、袁清波一样的警察，还在日夜值守在阻击新型冠状病毒战役一线。春和景明好个春，相信有一天清晨醒来，疫情数字清零，那一天，全国的警察战友凯旋。

【作者简介】韩冬红，现供职于河北省邯郸市公安局。全国公安文联会员，河北省作家协会会员。

突然，想念

文/李佳

春节前后，新型冠状病毒侵袭申城，一时间，家家收拾起，户户都提防，万人空巷了，偌大申城有如沉睡的钢铁森林。一片寂静，感觉蛮好。

突有一日，心生想念。最开始，是在上班的路上。

家住外环，开车出小区门，是一条六车宽的马路。车辆零星。若是放在平时，这里的早高峰，起码堵上半小时，而如今开过，只需三五分钟，连路口的红灯也仿佛怠惰了，懒得露头。一路，畅通无阻。第一天，有些许开心；第二天，依然感觉舒畅；第三天，就要大喊“呦吼!”了……想不到，数日以后，竟突生想念。想念那派车水马龙；想念每个与我斗智斗勇、抢快车道的司机；想念每次开过这条街、听完整整两段书的快意；也想念每天一场的马路“车展”，甚至还有点想念偶尔气急败坏的“滴、滴”鸣笛……

停好了车，走在路上，也会突然想念：身旁的非机动车道，曾有一辆辆电动自行车倏忽而过，或顽皮、或骄傲、或戏谑。骑车人里，有不少身着蓝色、黄色、红色……制服的外卖小哥，一身风尘仆仆，却气宇轩昂；他们赚钱不易，却有满心希望：只要能快一点、再快一点，多抢几单，收入便可肉眼可见地上涨。他们骑车的姿势、速度，时常令人恐惧、担心，可当我们处于目的地另一端时，这恐惧和担心也会变成期待。

在路口遇见那几辆共享单车时，总要愣怔一阵。连续多日，它们的“姿势”未曾变过。两辆“哈罗”、四辆“摩拜”，彼此交杂，又泾渭分明：温和的蓝，开朗的橙。这几辆车都是新车型，在几场春雨的洗刷下，更加神气活现。若是以前啊，早让人趋之若鹜了，如今却无人问津，它们只好彼此相依，像是在猜着下一段旅程。

连续上班多日，吃腻了食堂，狠狠地想念起对面的小面馆来。他家卖面简单，只十几种浇头，生意却特别好，每到饭点都排队。此时，若能到他家柜台前，站在长长的队伍后面，经过漫长等待，郎朗地喊出一声：“来一碗红烧大肠面！”多好！平日里，总会隔三岔五矫情地宣称一次减肥，虽也不见得当真，可对于美食总勉力保持着心理距离。而如今呢？竟然有了饕餮的念头，时常想念荷风细雨的红烧肉、海底捞的火锅、西贝莜面村的烧羊棒、大董的烤鸭、弗兰克的牛排……罪过呀，罪过！

再不济，来一杯奶茶嘛！好了，我知道那不健康。养生专家建议：奶茶含糖高，喝多了囤积脂肪，轻者长胖，重者变笨。科学研究表明：……好了，我都知道。可是就算想喝，又怎样买呢？原本，单位附近有十几家饮品店，琳琅满目，活色生香，常让人循香而至。平日里，午休无事，偶尔约三五好友，以散步为名闲逛，待归来时，每人手上准多一杯咖啡或奶茶。那时没人在意它们五颜六色的杯子，如今细想起来，原是个个生动：有的新奇，有的甜蜜，有的可爱。

如果还有假期，真想带家人出去逛逛。也不要走多远，就在市里。上海的好地方多多呀！今年豫园的灯会还没有去呢。以前，那里多挤啊，人挨着人，摩肩接踵，一到九曲桥，几乎寸步难行。究竟是看灯还是看人？上海人怎么这么多？为啥要来凑这热闹？……几乎每年抱怨，却又年年都来。不看一场灯，怎么叫过年？不挤一挤，怎么叫看灯？火树银花合，星桥铁索开，自唐朝开始，元宵节不就是“狂欢节”、不就如此热闹了吗？上海比长安更大，人口更盛，热闹更多，不光豫园，还有朱家角、迪士尼、外滩、陆家嘴……突然，想念这些热闹——这恼人的热闹，却那般叫人欲罢不能！

更加抓心挠肺想念的，是春天。我从骨子里亲近春天，喜欢春风、春雨、温和的春阳、蓬勃的草木，偏爱春天的歌、春天的诗和形容春天的词句。如今，春天已然来了。云霞出海曙，梅柳渡江春，几场春雨后，沉睡一冬的种子该发芽了吧？杨柳几时抽出新叶？梅花已开过了一季，就快把颜色让给迎春、杏花、桃花、樱花、李花……今年的春天，到底是哪种颜色？今年的春花，哪一朵花最美？而纵然花团锦簇，在春花春树旁，可还有络绎不绝的赏花人？春天，烂漫得随处可见；可这苍茫的春天、空旷的春天、寂静的春天！

抑或，只是单纯地想念：那些门庭若市，那些家长里短，那曾经如此平凡却又如此鲜活、如此卑微却又如此生动的你我。当时只道是寻常。若没有这场突如其来的疫情，也许我依然讨厌嘈杂拥挤，拒斥凡尘俗事，睥睨蝇营狗苟；而如今，竟然深深想念。原来，这些恼人而琐碎的日常，便是生活。生活本就没什么了不起，只是早已刻进了心里、溶入了血液。生活本身，才是我们。

如果可以，我想再次张开双臂。这一次，定要拥抱车海，拥抱芸芸众生，拥抱近在眼前的你和你我身边的整个春天！

【作者简介】李佳，现供职于上海市公安局浦东分局。全国公安文联会员，上海市作家协会会员，中国微型小说学会会员，上海微型小说学会理事。

那些醒着的人

文/韩秀媛

那些天，我不想睡去，我想一直醒着，盯着那些不断攀升的数字。

这些天，疫情防控的关键时期，我和另一位纪委的同事，把守在一座老居民楼锈迹斑驳的大铁门前，管理登记着进出的居民。

有位中年男人要出去买瓶香油，他的通行证上记录着一天前已经出去过一次。一瓶香油和增加一次感染概率相比，孰轻孰重？遂将他劝返。一对夫妇要结伴去银行办事，但规定每户每四天才能出来一人，丈夫被劝返。儿子要上楼给生病的老父亲送些吃的，必须得测体温、填表格，摸清他的情况，方可进入小区。

动了一番脑筋，费了很多唇舌，组织最恰当的语言去解释那些平日里不算事的事。好在，多数人能配合工作。

小区门卫是一对长住在门卫房的老夫妻，为了减轻他们的压力，我们决定在小区门外的冰天雪地里，值满 8 个小时班，直到深夜。

值守的第一天便赶上一场大风雪，刚刚有些

回暖的2月，气温又骤降回零下二十多摄氏度。寒风依旧延续着严冬的肃杀，针扎一般刺痛着皮肤。厚羽绒服、厚棉裤，帽子、口罩、围脖、皮毛一体的棉鞋都武装上了，在外面站上几分钟，还是冻透了。

街上有零星匆忙赶路的行人，男人居多，双手都提着大袋的蔬菜和食品。抬头望向那栋老楼，有的窗台上摆着绿植，有的半遮着窗帘，人影在屋里晃动，偶尔有人趴在窗台往外张望，穿着单薄。那些窗口，都透着家的温暖。

门卫招呼我们，进屋暖和下。冲他们摆摆手，谢过。一位下楼扔垃圾的老人隔着铁门和我们说话，厚厚的口罩也挡不住他洪亮的声音。他说，老话说患难见人心，感谢国家肯下这么大力气拯救老百姓！类似这样朴实的话语，在这段时间经常能听到，这也是老百姓掏心窝的话。

那些天，我不想睡去，我想一直醒着，盯着那些海量的消息。隔着屏幕，我看到了那么多白色的背影，那么多纷至沓来的脚步。国难当头，除了捐献一点微薄的心意、采写散文、编辑散文公众号，我还能做什么？

中国是一个大家，我是大家中的一员。大家有难了，我也要冲上前去。单位抽调人员组建疫情防控队伍时，我主动报了名，到需要的地方去，守好阵地。

其实，在这特殊时期，许多人早已经在一线岗位坚守了多日。

那天去值守的路上，看到一名警察在检查车辆通行证。小伙子穿一身单薄的警用短棉夹克，戴着棉帽，头顶、肩头都落着霜雪，脸膛已经冻成黑紫色。心想，这些站在风雪中执勤的警察，都是谁家的孩子呀，我这个当母亲的，看了真有些心疼。

小伙子只是那亿万人中的一员，他们为了这个大家，放下了小家，拼尽了所有的力气，甚至牺牲了健康和生命来保护这个大家。

那些警察兄弟一天没休，24小时设卡、巡逻，检测、管控，维护城市的秩序和稳定。深夜下班时，警车还在街上巡视，星空下闪烁的警灯，是他们疲惫的双眼。

绥化确诊病例实现了连续多日零增长，不断传来治愈出院的好消息。那里面，有我熟悉的医护人员的功劳。他们是战“疫”中最拼命的人，请战书上鲜红的指印就是他们胸膛里激荡的热血，上了雾气的护目镜也遮挡不住内心迸发的必胜光芒。那对年轻的交警和他当护士的未婚妻，本可以精心筹备拖后的婚礼，女孩主动请战，大年三十儿就走进了重症病房。

我认识的一位省级警风警纪监督员，六十多岁的个体经营者，开着私家车，主动承担起交通管制时期接送血液透析患者的重任。

他们都有家，是家的顶梁柱，是父母的心头肉，是亲人的依靠和支撑。可他们知道，大家是海，小家是船；大家是土地，小家是禾苗。只有大海壮阔，小船才能扬帆远航；只有土壤肥沃，禾苗才能拔节抽穗。

夜深了，只有几个窗口透出温暖的光。路灯还亮着，照着空旷而寂静的街。路两旁停泊多日的汽车顶着厚厚的雪壳，沉睡着。这座城也睡了。可还有一些人醒着。醒着，是为了让更多的人安心地睡去；醒着，是为了能在明日的黎明时分呼唤这座城市的醒来。

【作者简介】韩秀媛，现供职于黑龙江省绥化市公安局。黑龙江省作家协会会员，全国公安文联理事会理事、散文分会副主任，中国散文学会会员。

开满春天的花朵

文／楸立

1 月 27 日，大年初三晚上，当天我们已经因为疫情紧急取消了休假，巡警高尚在我们所的闲聊群里说，县医院几名疑似病例要转移到中医院，中医院暂时定位为发热医院，只收治发热病人，需将本院的住院病人全部转移到县医院。高尚的母亲是县医院的护士长，一直在防疫一线，但高尚言辞凿凿，自称这个消息不是来自老妈，自有知情人提供。我不去考量他的信息来源渠道，但我想这个事情如果是真的，那说明我县有确诊病例了。我赶忙用微信联系中医院的薛艳英院长，薛院长是县政协常委，我作为县政协委员和她非常熟悉。“我听说中医院以后收发热病人，其他住院人员转移到县医院?”薛院长回复得很快也非常简单，符合她的行事风格：“嗯，是这样。”我说那你保重，我说这个“保重”自然是双关词，薛院长应该非常明白。“谢谢”。从薛院长的回复中证明高尚的消息还是可靠的。

我马上在所里工作群通知了所长刘华卫，因为我预料的事情终于要来了，本来县医院收治发热病人我们是听到消息的，不管确诊不确诊，县医院不属于我们辖区，即使安排任务也是客串配合，但现在中医院成了发热病区，那我们派出所就当仁不让了，不出意外我们一定要安排执勤。

事情果然不出我们的预料，经所长和相关部门核实，得到确切消息，中医院当晚将县医院发热病人转入进来。第二天所长和主管治安的副局长去了中医院开紧急会议，自然是研究如何配合医院开展工作的事宜。

晚上副所长赵长江在值班小组微信群里说，我们所四个值班组一个组去发生疫情的社区执勤，其他三个组要去中医院执勤，大家看怎么个去法？他这个话讲得非常有艺术。我觉得在小群里回复和在大群里回复效果会不一样，我就在所大群里艾特了下所长刘华卫：“刘所，明天听说去中医院执勤入驻，我虽然年龄大，但我是党员，这个时候我不退缩，轮到我我义不容辞，和弟兄们贤侄们打赢防疫战，我带头昂。”所长刘华卫回复得非常快：“不用你上，哥哥”。

我发信息的时候，我那没多少文化的老婆在一旁歪着脖子盯着我，她本来是想多了解一些关于疫情的消息。我关了手机说：华卫不让我去（执勤）。我老婆“哼”了一声：得去，咱别让人说（闲话），该去就得去。

我本来和赵副所说要排班到第三天再上，我想等初六我大儿子、儿媳返回廊坊后，家里少了接触的人员，我去医院执勤完，就将自己隔离在单位，少接触家里人，毕竟家里还有将近八十的老爷子，又和老岳父家连着院子，万一出现什么后果不好处理。

副所长非得说抓阄，然后他发了个 1 块钱的红包分成七份，从手气最佳的开始排班。结果辅警周扬抓了个第一，我第二。组里绰号“二哥”的王建哲说，不行我们五个倒（班）吧！他的意思是他们 5 个辅警去医院倒班，我和长江就不要去了，有事再通知我们。这样哪行呢，谁家都有妻儿老小。我坚持按照抓阄的顺序，大家都做好防护，也别害怕。

局里给配了两套防护服，一人两只一次性口罩。老婆给我戴上一层口罩，然后又在里面多垫了一层防护垫，又在外面戴上一层“非典”那年剩下的 N95 口罩，我戴上试了试，太憋气了，想摘下来，老婆不让，又给我狠狠地勒上。

本来我想找身一次性雨衣当作防护服使用，结果老婆翻箱倒柜也没找到，她自言自语地说，应该是让自己春节前扫房给扔掉了，这怎么说呢：用时方恨找不到。小儿将他的潜水镜给我当防护镜，我戴上照着镜子试了试，实在是有些搞笑，像什么就不形容了。

临上车，老婆又给我倒了杯用蒲公英煮的开水，说这个防病毒效果比吃清肺药还厉害。我大口喝了几口，然后将便携式水杯抱在怀里，老婆又塞给我两只艾柱，说这个到了那里你就点上，熏熏屋子，祛毒清热。我这个那个的在手里怀里一堆，开车去所里和赵健英杰集合。

我们三个人从中医院南侧的文化街口腔科门口上的二楼，门口遇到环保局的人员在登记过往的车辆，我们三个用手机拍了张年度纪念照，未来我们可以告慰自己，在这场抗击新型冠状病毒的战役中，我们也出现过。

上了二楼，宝成带着两名辅警等候我们多时了，医院给我们配了两房间，是原先的眼科病房，房间还有氧气瓶，氧气瓶上的吸入器还挂在上面。赵健和英杰他俩一个屋，知道我好静，让我一个人在西面这个房间，我们用酒精喷壶将屋里角落、床下、桌底喷了个遍，就连门把手都喷了个仔细。

卫生收拾完毕后，我和医院薛院长联系了下，她说楸立我等会儿去见你，我正在北三楼。北三楼就是发热病人的治疗楼层，薛院长这么一说，我心里又为她多了份担心，又对她多了层敬重。过了半个小时，她发微信给我，她在她的办公室。我戴好口罩就上了三楼。

三楼办公室、院长室都是敞开的，许多人出来进去纷纷忙碌着。我进了薛院长的办公室，她和几位院领导都戴着口罩，各自拿着手机，在听手机语音，手机里传达着关于防疫方面的事情。我敲了敲半开的门，薛院长才注意到我，她示意我坐下。我坐在椅子上，看到这个气氛，心里有些紧张，也怕影响他们工作，我紧捏了捏口罩的鼻夹，说我回去吧。薛院长仿佛看出了我的心思，说回吧，感谢你们公安的大力支持，有什么需要尽管提。我说太客气了，我得代表全县人民谢谢你们。

其实见到薛艳英这些医务人员，我心里并不好受，因为他们才是真正的一线，真正的坚实屏障，她们随时面临被感染的风险，可他们没有一个退缩，都坚守在自己的岗位上，为了职责也好为了职业信仰也罢，不负人民期望。但谁能保障他们不受到感染？谁又能够保证她们的生命不受到疫魔威胁？想到这里，再联想起电视上、网络上患者求助的眼神，武汉人民的渴望，那些勇敢的医护人员，解放军官兵，披挂上阵的公安战友们，我忽然被什么感动了，处在这个环境下还有些悲壮了，泪水在眼眶里打转，回到屋里，我摘掉一层口罩，在手机上写了一首小诗：

写给我自己

想说些什么
从疫情出现的那天
我就想写给自己
一段话
像写一首忧郁的诗
那样的
写着我年迈的父亲
写上我新婚的儿子
还有我体弱的爱人
告诉他们
我仿佛听到了出发的命令
是的
我早就听到了
也准备了行囊
准备好了一场旷世之战
而且我要在阵地上坚守
坚守到
黎明曙光的出现
坚守到胜利消息传来
坚守到
那些阵地上全部开满春天的花朵

【作者简介】楸立，本名崔楸立，现供职于河北省大城县公安局。河北省作家协会会员，全国公安文联会员，全国公安文联签约作家。

守城录

文/侯国龙

腊月二十七的晚餐是肉丝臊子面，站长梁依峰吃了几口就去岗上了。

大寒过后，进出城的车流量明显增加了好几成。就算把手上的十来号人全部撒上去，也只能勉强应对个高峰时段。但越是忙，他心里越有些不踏实。

对于新年过后的每一个武汉人来说，忧心的事压根儿就不止一件。每个出城的人，都有不同的理由，却又有着相似的惊慌、迷茫。

梁依峰的忧虑又和那些鱼贯而出的人不一样。人手吃紧，他最怕战斗减员。就在元旦前后那几天，站里先后有两位同志发烧，虽然打针、吃药后很快就恢复了，在当时也没明令要求隔离，但事后想想还是很后怕。

为这件事，站里专门立了规矩，厨房、营区每天必须消杀一次，人人必须戴口罩。后来，有人开玩笑说他是歪打正着。他也懒得辩驳，歪打正着就歪打正着吧，大家好好的才是硬道理。

几阵冷风把夜色吹得更浓了，天黑得很干脆。

青郑高速（S11 段）收费站上方亮起的“武昌”两个大字显得格外醒目。洪山分局张家湾公安检查站的路面岗哨就在收费站前方 50 米处，按工作惯例，几个车道仍在重点巡查酒驾、违禁品和重点人员。

而那时的梁依峰并不知道，他接下来收到的命令会让武汉城南这道城门变成武汉战“疫”的前线。

“务必在明日早 7 点前把留检点搭建起来，并且保证通水通电！”

这道命令是分局一把手直接下达的，和往常一样，他的回答没有丝毫犹豫，但心里还是“咯噔”了一下，联想到已经扑面而来的新型冠状病毒消息，他估计怕是要上“非常措施”了。

摆在他面前的第一道难题是留检点的选址。首选当然是依托高速公路收费站，同侧走线搭建。但收费站的工作人员给了他一个很绝望的回答：如果要从收费站接电，就必须破拆附近的高压线路。不仅接电要求不符，还存在很大的安全隐患。这等于是一步死棋。

怎么办？他绕着岗哨附近转了几圈，心里推演了好几个地方。如果检查到发烧人员，怎么最便捷、最安全地把人送到留检点，又该怎么调度车辆折返，会不会影响对向车道的行车安全？如果是对向车道发生类似的情况，又该如何解决？

大家最后把目光投向了高速入口 200 米处的“过车拍龙门吊”，兴许那里可以走电。可问题又来了，从市内红霞高架匝道过来之后，这段路就属于省高速管辖了。

一边联络省厅，一边请街道从周边村子里找电工师傅。时间过得很快，几个电话的工夫一个小时就过去了。

晚上 9 点，电工师傅才赶到。电工师傅哭笑不得地告诉他，电源箱里只有弱电接口，要想接电，只能跨路，唯一的办法就是从周边的红霞物流市场走线。电工师傅掰着手指头数了数两样材料：32 安的三插头，三芯 16 安的电缆。

最近的白沙洲大市场小年前就关门了，但教导员刘炜和民警王路生还是要进去碰碰运气。卖机电材料的都在市场后面两排门店。一眼望去，漆黑一片。两人打着手电筒，挨家挨户敲门，希望有人能亮起灯，搭句话，哪怕是句骂人的话也行。

敲遍了所有的门店，都没有得到回答。就在他们发动车子准备离开的时候，教导员看见车灯照见的一处卷闸门上写了一个电话号码。他一拍脑门，这都年跟前了，谁还在卖电缆呢，这个电话，说不定有用！

拨打到第七次的时候，电话接通了，是卖电缆的，人却远在黄陂区。好在店老板一听是防疫需要，二话没说就答应了。不过，要走三环赶过来还得个把小时。

时钟很快划开了1月22号的夜幕。凌晨1点，留检点板房搭建完成，桌椅、水壶、泡面、一次性杯具等物资全部到位；2点，电缆、插座等材料到位；3点，走完线路；5点，对应交通引导指示牌布置完毕。

凌晨6点，梁依峰向分局指挥部报告，准备工作全部就绪。但搭建留检点只是他的初级任务，张家湾公安检查站必须拿出一套工作机制和规范，作为“样板”示范给全市公安检查站。

早上8点，分局珞南街派出所的11名增援警力赶到。此时，出城方向只留了4股车道。每股车道由2名警务人员拦车，检查通行车辆有无携带活禽以及其他违禁品，1名动物检疫人员协助检查，另1名卫生防疫工作人员负责测量体温。岗上专门设置了临检点、复检点、留检点，保证逐车、逐人检查。

绝大部分车主戴起了口罩，每个人露出的目光里都多了几分慌乱。而那时，在张家湾公安检查站的会议室里，正紧张地进行着全市“护城河行动”部署工作会。会议室比较简陋，没有话筒，轮到发言的人才允许短暂脱下口罩。

1月22号，没有人预测到这一天将是武汉“封城”前夕。对于这群守城人来说，他们只是觉得这一天过得格外快。指挥部在收到他们汇报的工作情况之后，又对机制进行了细化和完善，并要求他们在18时到22时进行临战运行测试。这是张家湾公安检查站在武汉正式“封城”前收到的最后一道指令。

那晚的雨没有停过，路面温度接近零度，武汉很久没有这么冷过了。电子测温枪一度因为温度过低而失灵，民警们就找来暖宝宝贴在手柄上。为了防止因为长时间开空调导致体温异报，梁依峰组织人员划出临检线，通知车主提前摇下车窗。整个晚上，从二环线往白沙洲大道方向，雄楚大道、珞狮南路早已堵成了“紫红色”。但让所有人感动的是，没有一辆车鸣笛，没有任何一名车主拒绝接受检查。更让他们感到幸运的是，当天晚上测出的7名体温异常的人，也很快得到了专业排除。

那个武汉的雨夜，每个人的手机里都蔓延着太多太多的传闻。从每一扇摇下来的窗户里，齐刷刷地投来的是恐慌的目光。没有人问为什么，只是机械地摇下车窗，再摇上车窗。

这些只有在电影里才见到过的场景，就发生在这个偏僻的公安检查站的前哨。车流源源不断地涌来，而只有那些守城的人原地未动。

他们并不知道几个小时之后，武汉就会迎来绝无仅有的“封城”时刻。梁依峰也不知道，他七十二岁的老母亲正在帮他照料骨折了的妻子。妻子周红梅是东西湖分局的一名后勤保障民警，在雨中意外摔断了胳膊，连吃饭、穿衣都无法单独完成。今年即将高考的女儿，已经收到了学校发出的等候开学通知；四十一岁的王路生也不知道，他临产的妻子也收到了“全体停休”的通知。王路生是检查站年纪最小的民警，妻子是市治安局的一名辅警。两人是山东人，老家的人过不来，而他们也不能回去，妻子只能挺着大肚子给大女儿做饭。

1 月 23 日凌晨 2 点，已经喊哑了嗓子的潘勇正想回站里喝口水，他的警务通手机上弹出了武汉“封城”的 1 号通告。他先是愣了一下，然后逐字逐句地读了好几遍通告，生怕漏了什么信息。

如果“封城”是物理办法，那“封城”之后的武汉，必定会产生一系列化学反应。虽然不清楚这个化学反应会激烈到什么程度，但梁依峰知道，此时已无任何多余的警力能赶来支援，分局一半的警力已被派往了武汉火车站。他们和派出所的增援力量还需要苦撑 8 个小时，才能坚持到那个全面“封城”的时刻。

那一夜，不能眠，不敢眠。每个人的心里都装着一件很大很大的事。

天放亮了，网上铺满了“封城”的消息。尽管沿路的交通指示牌上已经打出了“出城通道已关闭”的提示，但仍有不少私家车往出城方向驶去。每个人都赶在了“回家”的关口上。

上午 10 点，出城通道全部关闭，滞留的车辆开始折返。梁依峰和战友们才稍微松了一口气，望着渐渐驶离的车流，不少人红了眼眶。

偶尔有私家车远远开过来，没等执勤人员上前，就折返了。路，空了下来，安静得可怕，像被风吹走了喧嚣。

连阴雨让第二天的大年三十儿更加冷清，一切都那么陌生了起来。登记簿上的进城车辆大半都是救护车，驾驶员、医护人员都从头武装到脚。看到他们匆匆的身影，梁依峰心里泛着说不出来的滋味儿。

时间慢得有些难熬。晚上 9 点多的时候，有辆进城的武汉牌照私家车在岗哨前停了下来。车主是位四十岁上下的中年男子，摇下车窗就哭了起来，“我们是武汉人，我们终于到家了！”他们是在外地旅游被“赶”回来的武汉人。

测完体温，做了登记，执勤民警给他们递上了方便面。临走前，男子想和梁依峰握个手。梁依峰冲他敬了个礼，说，对不起，现在不能握手，赶快回家吧！男子学着他敬礼的样子，还了个礼，却不知道说什么才好。

如今，守城已近一个月，梁依峰他们依然坚守在城南这条生命线上。他们和所有人一样，都在等待平安回家。

【作者简介】侯国龙，现供职于湖北省武汉市公安局政治部宣传处。湖北省作家协会会员。

陪在你身边

文/米可

大年初二一早，全市公安启动疫情防控一级戒备，新庄孜派出所管片女警王培培紧急返岗，配合社区工作人员开始对小区实施封闭管理。正是天最冷的时候，王培培向掌心哈了一口热气，开始帮着搭脚手架。生锈的钢管有了黏性，一个不小心便蹭破了手指肚儿。还没觉出痛，一对老夫妇就嚷嚷着要回娘家。王培培认识大娘，挽着她的袖子说：“您这么大岁数了，还回娘家啊。”

大娘骄傲地说：“俺娘今年都九十岁了，这不是大年初二走娘家嘛！”

王培培给老人发了一张小区出入卡说：“大娘好福气啊，喏，这卡限定每户每两天只能出去一人，您可要收好了。”

大娘说：那老头怎么办，我一个人回去，俺娘没准以为我被欺负了呢。

王培培笑道：“哪能呢，你们可是小区的模范夫妻啊。再说了，多一个人出门就多了一次被感染的风险，您的老母亲肯定会更担心的！”大娘不再争执，向老伴潇洒地挥了挥手说：“我去去就回！”

一阵寒风吹过，王培培觉出脸上的笑容有些僵，手指肚儿也开始往外渗血，不觉间想起了远在两百公里外的父母，看来自己今年过年是回不了娘家了。

刚贴上创可贴，王培培的手就被热情的杨妈给攥住了，杨妈非要拉着她回家吃午饭。王培培对杨妈很熟悉，她的子女都在湖北打工，因为疫情回不了家，整个年关就老太太一人生活。看到杨妈虽面上热情，但眉目间却满是忧虑，肯定遇到了什么糟心事，王培培便随杨妈来到她居住的小院。

说是小院，实际却像个畜棚，十来只鸡、七八只鸭、五六条狗，还有一只高高蹲在房檐上冷眼相对的虎皮猫。

杨妈张罗着："早就想着让你带你的女儿来家吃个团圆饭，我的老母鸡最能补身子了。"说着，杨妈抓起一只鸡，犹豫片刻撒开了手，随即又抓起了另一只，几次三番，还没决定拿哪一只下锅。王培培知道，杨妈和这些母鸡很有感情，不舍得杀了吃，便说自己坐一坐就走。话还没落音，隔壁的赵婶便拄着拐杖，堵在门口骂了起来。

赵婶腿有残疾，丈夫早年亡故，一个人拉扯女儿生活，性格强悍。王培培猜杨妈肯定和赵婶闹了小矛盾，才把自己喊了过来。当然，赵婶能当着自己的面骂咧咧的，就说明她也信任警察是公平公正的。王培培给赵婶递去一个口罩。赵婶一愣，戴上了口罩，音量也低了下来，抱怨说杨妈家的鸡、鸭、猫、狗吵得她家倩倩在屋里哭闹，不愿意吃饭。

王培培压低声音问："是倩倩又犯病了吗？"

赵婶不情愿地点点头："王警官，谁说都不管用，您还是帮着劝一劝吧。"

王培培太了解这一对相爱相杀的母女了。因为母亲太要强，对倩倩谈的男朋友否了一个又一个，把女儿逼得突然发了疯，拿了把菜刀在屋里乱劈乱砍，吓得没人敢进屋。还是王培培好说歹说两个小时，才把她的情绪安抚了下来，送去了医院治疗。半年后，倩倩的病情稳定了下来，出院找了份工作，生活也慢慢回到了正轨。可不承想这大过年的，娘儿俩又闹了起来。

王培培握着倩倩的手问："最近吃药了吗？"

倩倩不说话，但摇了摇头。

"是你妈不让你吃的？"

倩倩点了点头。

“为什么不让你吃?”

倩倩咬着嘴唇说：“她说我不是神经病，不要我吃药。”

王培培心中暗暗叹了口气，这个娘实在是太要强了！随即，王培培又问：“所以你就不吃饭，还把自己搞得脏兮兮的?”

倩倩默默地哭了出来。

王培培抱了抱倩倩，然后说：“要不咱们去医院吧，把治疗继续下去。”

倩倩有些害怕，她问道：“你会陪着我吗?”

“会的，我会陪着你的。”

随后，王培培做通了赵婶的思想工作，让倩倩饱饱地吃了顿午饭，便陪着她去了医院。到达医院时，已经是傍晚时分，办理入院手续时走廊尽头传来一声病人的尖叫，倩倩有些害怕地问：“晚上你会陪我吗?”

王培培点了点头说：“放心，我晚上陪着你。”

病房内，两人捧着平板电脑，找出一部偶像剧，看着看着，倩倩便睡着了。王培培打开手机，本想和母亲视频通话，转念想到自己身处医院，会引起她的担心，便用微信给母亲发了几条防疫措施的小知识，嘱咐她和爸爸要少出门、勤洗手、戴口罩，配合工作人员做好出行管控工作。不一会儿，母亲发来一张照片，一个戴着口罩的女警察正在老家村口执勤。母亲接着发来信息道：“差点就把那闺女认成你了。”

王培培的眼眶湿了，她想揉一揉眼，突然又想起电视上医疗专家嘱咐的少用手触摸眼睛的建议，便只是眨了眨眼，望向窗外。夜色深沉，万物不语，病毒还在肆虐，但此处一片安宁。蓦然间，那句“岁月静好，因有我守护”回响在她的耳畔，与此同时，一张张辖区群众的面孔也在她的脑海里不断闪回，王培培突然有了一种强烈的紧迫感，她深呼一口气，开始加紧联系各个渠道，做好打响小区疫情防控持久战的准备。

疫情期间，王培培辗转在医院、疫情防控点以及那些困难群众的家中，开展出入管控、信息核查、防范宣传、买菜送药等工作，她坚信，只要自己多跑一里路，群众就少一分被感染的风险。也正因为有了王培培和那些社区工作者的一起努力，整个小区虽隔离了病毒，却没有隔离了爱。

不觉间，樱花开了，梨花也开了，被病毒禁锢的街道慢慢恢复了生机。抽了个周末，王培培带着五岁的女儿到杨妈家做客，杨妈非要给孩子迟到的压岁钱，几番推搡后，王培培把钱退给了杨妈，只留下个红包皮，塞进了女儿的口袋里。

回家路上，女儿勾了勾妈妈的手指说：“奶奶是不是把你的名字写错了?”

王培培接过红包一看，乐了。不知是有意还是无心，杨妈把她名字里的培培错写成了陪陪。

女儿又问：“陪是什么意思啊?”

王培培蹲下身子，捧着女儿的脸蛋说：“就是陪在你身边啊。”

【作者简介】米可，现供职于安徽省淮南市公安局八公山分局。

战斗民族养成记

文/洛风

先说我们政委。从年三十儿，支队政委就吃住在单位。兄弟们忙得一头扎进电脑，政委就想方设法四处淘换口罩、温度计、酒精、消毒水、感冒冲剂、止咳露、骨痛贴，每天换着花样采购水果。跟其他单位网上网下花式宣传相反，政委的想法相当朴素：大敌当前，战士们需要的不是唐僧式的鸡汤、不是王成式的呐喊，更不是口号式的颂歌，而是实实在在的后勤保障。

“修罗刀”小乔工作间隙跟爸妈电话视频。务实的老两口恪守《新闻联播》的规劝，戴着口罩、眼镜，严阵以待。小乔纳闷：“家里就你们俩，穿成这样，是怕交叉感染吗?”乔爸爸一本正经：“你不也戴着嘛。”旁边办公桌的曹骏立马探过一个戴口罩的大脑袋说：“叔，小乔是怕一个喷嚏打到屏幕上，飞沫传染。”乔爸爸在屏幕上严肃地点头：“做得对。”

挂了电话，中队长指着撅屁股乱钻的曹骏：“别在我跟前晃，赶紧回工位。”曹骏极有自知之明：“我现在回去，会被她砍成薯片的。”

节前，公司大区经理凌姐夫为了弥补亲子关系，制订了详尽的出行计划。可惜，他猜到了开头却没有猜到结尾——估计等俩娃长大了，每每想起庚子鼠年的春节，定会心生感慨：这届的爸爸太难带了！

为了让凌雪安心上班，凌姐夫不时录一段小视频，开始的画风还很文艺小清新，没一会儿，慢慢地走向“雄奇险峻”。凌姐夫用沙发垫子、床单、被罩做了几条“通道”，让俩娃钻洞赛“爬”，爬着爬着，就是一场小型世界大战。凌雪工作到半夜，微信提醒：“白天玩得太嗨，当心他们晚上尿床。”凌姐夫默默回复：“已经发大水了。”估计是不大好意思了，过了会儿又发了一条：“今年肯定财源滚滚哈。”凌雪在宿舍捂着被子笑到抽筋。

彭庚的女朋友是隔壁警区片儿警，俩人阴差阳错半个多月没见面了。女友今天在街对面“卡点”执勤，彭庚四处征集黄色绢制或丝绸物品，想在窗户上给女友现场直播《幸福的黄手绢》。可惜高层窗户只有通风换气功能，不支持探头探脑，而他在办公室窗户内挥手，隔着一条街的女友也看不出来。

倒是综合组小满给出了个主意，用黄色便利贴，在落地玻璃窗上贴了个大大的“心”。彭庚微信问：“看到了吗看到了吗？”姑娘披挂八大件全副武装站在街对面，冲着窗户端端正正敬了个军礼，英姿飒爽、满目阳光。彭庚突然激动起来，不管不顾又发了个微信：“嫁给我吧？”姑娘干脆利落地回复了个“OK”的手势——办公室，掌声雷动。

几个“单身狗”一边拍巴掌一边感慨：

“猝不及防一把狗粮。”

“我这心碎的，跟饺子馅儿似的。”

小满也感动得直咧嘴：“这真是我见过的最节能环保的求婚。”

……

每天海量数据推送，通过公共医疗、防疫物资、企业产能、生活保障等基础数据的积累、分析、研判，开展疫情预测、感染者及传染者追溯，建立一套行之有效的突发公共事件防范及应对策略。除了吃饭睡觉上厕所，就是埋头苦战，很多“单身狗”选择吃睡在单位，省钱又省心；而身为人父、人母的网警们，不得不每天全副武装在上下班路上与新型冠状病毒“捉迷藏”。

国家养兵千日，在明知风险的时候，选择做该做的事，不光是什么勇气、奉献，而是良知。

凌雪说：“该受的，就不叫委屈；该做的，就别叽叽歪歪。”

小乔说：“如果哭能解决问题，我早就哭了。”

曹骏说：“不就是跟新型冠状病毒有点儿过节嘛，干脆，把它当节过了。”

彭庚说：“平常心、平常心，一场战‘疫’而已。”

又不是没打过。

病毒“侵略如火”，网警“不动如山”。这种“不动”既非战战兢兢、消极避世，也非道路以目、怨天尤人，而是看尽千帆仍英姿勃发、风光霁月、从容不迫。

这里是身为战斗民族的网警：闻战则喜，遇强则强。

这里是身为网警的“90后”：古今多少事，都付“笑”谈中。

这里是拥有强悍生命力和坚韧抵抗力的战斗民族的人世间：它强任它强，清风拂山冈；它横任它横，明月照大江。

【作者简介】洛风，本名王陆陆。现供职于北京市公安局网安总队。中国作协纪实文学研究会会员，全国公安文联会员。

战“疫”，挺起中国的脊梁

文/朱东锷

20世纪40年代，芳菲四月，北非濒临地中的奥兰市，大街小巷中一群群老鼠窜行、死亡，市民中出现寒战、高热、胸痛、咳嗽、血痰、呼吸急促等症的人越来越多，有不少患者死亡。为了控制疫情，政府公开信息，消毒、监控、隔离，直到封城。人民恐慌、焦虑、彷徨、无助、痛苦、挣扎。政客狂妄无知，混混通过黑市带来禁品成为富翁，医生没日没夜救治病人……

1947年，法国作家加缪的长篇小说《鼠疫》详细描述了一场鼠疫发生发展的全程，揭露了灾难中人性的真善美与假丑恶。

我们一直生活在安乐祥和、歌舞升平的环境中，瘟疫、灾难似乎是那么地遥远。谁能想到，2003年春天，一个名叫“SARS”的非典型肺炎疫情突然让中国走进了小说《鼠疫》中描写的场景。幸运的是，我们众志成城，三个多月的时间战胜了“非典”，恢复了安宁幸福的生活。

十七年后的2020庚子年春天，一个比“SARS”更隐秘无踪、更难对付的名为新型冠状病毒肺炎的幽灵从楚汉大地冒出，飘忽繁衍。一个个病毒在肆无忌惮地寄生、潜伏，随着浑然不知的携带者跋山涉水、漂洋过海，吞噬生命机能后繁衍生息，迅速传播、蔓延遍及神州大地，波及世界多个国家，一个个宝贵的生命倏然消逝，令人闻之色变。调查、检验、采集样本、隔离治疗，疫区周围的城市封城、封村、封路，多个国家飞往中国的航班取消停航。神州大地开始了一场没有硝烟的抗“疫”战争。

当一个人站出来时，那叫勇气；当一个团队站出来时，那是担当；当国家身处逆境，呼唤一种精神时，那是使命，是信念，是一往直前。

坚定信心、同舟共济、科学防治、精准施策。五星红旗迎风飘扬，同时间赛跑，与病魔较量。

耄耋之年的钟南山院士逆行的面孔、李兰娟院士除夕夜奔走的身影令人动容，众多专家一起涉险深入疫区观察调研，帮助国人睁开警觉的眼睛，改变着战“疫”的走向。

农历年二十九，武汉封城。“若有战、召必回、战必胜!”请战书上一枚枚殷红的指印像一团团燃烧的火。除夕夜，中国军人、白衣天使援助队伍星夜驰援武汉。

为了一宗案子，我与战友们冒着大雨在湘中的道路上奔驰，错过了这令人热血沸腾的画面，但我分明感受到了一种易水悲歌、壮士断腕的气概。这个时候的逆风而行，谁都知道将面临着什么，意味着什么！但他们义无反顾，用生命呵护生命！穿上笨重、密闭的防护服，把柔情、亲情埋藏，一刻不停地在病区、病房中奔忙，争分夺秒救治患者，劳累过度的憔悴，脸庞因绑带勒出的深深印痕而变形，让人感动又心疼，他们的微笑告诉人们什么叫坚强！他们用微笑、用生命诠释了医者救死扶伤的良知和勇气。

“抗击‘非典’时我是‘敢死队’成员，我有经验，让我上!”我的同事、老特警东哥坚定地说。“穿上警服和防护服是双重的责任，也是党和人民加倍的信任!”“非典”肆虐南粤时，东哥作为广州市公安局抗击“非典”应急处置分队的一员，在防疫一线上舍生忘死。十七年后，东哥再次披挂上阵。转移涉疫人员是处置分队的一项任务，转移工作一开始便陷入停滞，面对涉疫人员的不理解和抵触，东哥毅然走进隔离区，耐心地劝导，终使其放下包袱，听从劝告、遵从安排。

外练筋骨皮，内练精气神。去年炎夏，我们特警队来到南海之滨封闭集训，起早摸黑，摔打滚爬，硝烟弥漫中淬火铸魂，转眼近半年时间。难得有几天时间休整，年二十七，战友Y携妻儿回到老家湖北孝昌探亲，突然而至的疫情将原定年初二返回广州值班的他滞留在家乡。居家隔离中，他想，家乡有难，我能做点什么？不同的战场也同样可以为抗击疫情尽一份力。他怀揣请战书走进孝昌县公安局。傍晚，他穿戴整齐地站在孝武交通管制点执勤，与防控队友一起检查车辆、测量体温、登记检查……

他也是一名特警，凌晨4时许，他正在疫情防控最前线的一所医院驻守，妻子微信报喜：“女儿平安，我也很好！你自己也得保重啊，我和闺女等你。”“你受苦了！”他含泪向视频中的妻女敬了个礼……

执勤站哨、巡逻防控、交通管控、检疫检查、排查隐患、化解纠纷、走访调查、惩治妨害疫情防控违法犯罪、打击破案……晨昏昼夜，哪里有危险，哪里有需要，哪里就有警察藏蓝的身影。据统计，在抗击疫情战疫中，已经有十多位公安民（辅）警的生命永恒地坚守在防疫线上，是所有参与抗击疫情中牺牲最多的行业。

灾难中，警察藏蓝和天使白始终是最宽广最温暖的颜色。每个人都是一束光，一起温暖着这个冬天。

每天，我时时关注着全国的疫情，盼望拐点出现，各种揪心的数字在下降！人世间的爱让我感动莫名，灾难无情，人间有爱。大象无形，大爱无疆。

武汉知音湖畔5万平方米的滩涂上，7500名建设者和近千台机械设备连轴运转，日夜奋战，仅仅十天，一所可容纳1000张床位的救命医院——火神山医院交付使用！如果你详细了解火神山建设的始末，其中的艰辛和力量非人想象，会让人情不自禁地高呼：伟大的中国！火神山、雷神山、方舱的建设，向世界又一次展示了中国力量、中国速度、中国奇迹。

岂曰无衣，与子同袍。疫情也牵动着海外亿万华夏儿女的心。一架南航从墨尔本至广州的航班，没有旅客，飞机上全是澳洲华人购票后把无偿捐助的救援物资放在自己的座位上，几乎所有的口罩都被澳洲华人运往中国……

一位每月工资只有600多元的环卫老人，拿出自己省吃俭用积蓄的1万多元，纸上附言：“给白衣天使加点油——环卫工人。”老人推开派出所的大门，把钱放下后转身离开。老人不仅清洁着城市的街道，也清洁着我们的心灵。

……

我想起鲁迅先生的一句话：“我们从古以来，就有埋头苦干的人，有拼命硬干的人，有为民请命的人，有舍身求法的人……这就是中国的脊梁。”

我第一次感受到对灾难的恐惧是刚上小学那年的唐山大地震，尽管关山迢迢，地震造成的死伤、断壁残垣、遍地狼藉，来自新闻广播和大人的描述，却在幼小的心灵烙印下难以磨灭的记忆。参加工作，维护社会安宁，保护人民生命财产安全，一年一年，台风、飓风、洪涝灾害的应急防护任务越来越重，“非典”、汶川大地震、冰雪灾害，我一次一次地感受到巨大灾难面前，生命是如此地脆弱，人性又是如此地伟大。

没有一个冬天不可逾越，没有一个春天不会来临。阳光终会驱散阴霾，你安然，我无恙，坚定希望，我们一起等待春暖花开。

【作者简介】朱东锷，现供职于广东省广州市公安局特警支队。中国作家协会会员，全国公安文联签约作家，广东省公安作协副秘书长，广州市公安局文学创作协会副主席。

一个春天的别样记忆

文/旷胡兰

今年的春天，我的心异常沉重。

我日日捧着手机，关注着那些实时变化的数字。数字日日上升，我的紧张和焦虑，日甚一日。

所幸本地政府早已做好了疫情防控的周密部署。大年三十儿晚上，一条春节期间不准拜年的规定，已经通知到了所有的乡村。我们的老家，往年的习俗是大年初一村里团拜，初二初三回娘家或去其他亲戚家拜年。

那些天，村里没有了往年的喧闹，公路上基本不见车辆，各村口的道路也用大石块或粗壮树干挡住了。手机里，常有亲友发来村干部一边敲着大锣、一边拿着大喇叭喊话的视频。我禁不住感叹，此次疫情防控的发动，真是及时又到位，村民的自我防护意识也是很强的。不能出去给娘家人拜年，我只好抽空通过电话，向原本只在每年春节见一次面的哥哥姐姐拜年问好。

正月初三，新婚不久的儿媳接到了提前返岗的通知，她在省城的公安部门上班。初四一早，儿媳开车上路了，上车前，我把年前购买的几只口罩塞进儿媳的背包，叮嘱她出门执勤一定要做好防护。“妈妈放心，我一定会的。”儿媳轻声说。

我虽然不需提前返岗，但其实我的工作从正月初一就已经在紧锣密鼓之中了。我是一个宣传民警，我们的新媒体宣传，每天必须更新内容。先是送祝福，接着是防疫宣传。初二开始，我们在微信公众号设立了“疫情在前，警察不退”的栏目，推送各个县、市、区公安民警上路执勤、参与疫情防控检测以及在定点医院和隔离点维护秩序的信息。一段段来自抗“疫”一线的文字、一幅幅鲜活的现场图片或视频，让我感慨，也让我感动。在这疫情肆虐的关头，我们的民警不畏难、不畏险，和医护人员并肩战斗，在高速路口、在定点医院、在社区、在乡村……在任何一个需要的地方，筑起一道道守护生命健康的安全屏障。

随着那一串串数字的不断上升，形势变得更加严峻。抗“疫”一线人员的压力在不断增大，我们的公众号也增加了各地严厉打击违反疫情管理规定行为的报道。有时，我们也去一线采访，宣传阵地也在不断拓展。我们无力去探寻疫情蔓延的根源，也无力消灭这疯狂的新冠病毒，我们只能以自己的绵薄之力，献于这不寻常的疫情之战。

采访中，我认识了几个特殊的家庭，他们是医警之家，夫妻撇下孩子连续奋战在一线；他们是警察之家，一家数人，夜以继日在疫情防控点奔忙……

他叫罗金生，万安县公安局一名“80后”民警，从农历大年初一值班起，就一直在防疫一线驻村执勤。

她叫邱芳，万安县沙坪镇卫生院一名“90后”医生，从农历腊月二十八开始，放弃休假，在医院坚守岗位。

女儿十五个月大，年前托付给乡下的父母照顾。他们，在这个春节，一起奋斗在抗击疫情的一线。

1月31日，万安县潞田镇确诊2例“新冠肺炎”病人。罗金生与两名同事主动请缨，作为公安局党员突击队员，担负起了驻村24小时值守任务。为防止疫情扩散，罗金生等人24小时三班倒全天候吃住在防控点，不仅需要做好群众隔离、劝解工作，还要为群众解决生活中的实际困难。

2月12日，罗金生一如往常，穿着制服，戴着口罩、帽子，出现在105国道万安潞田卡口，他偶然发现，妻子邱芳正在卡口为来往人员测量体温，她并没有看到他。

“做好防护，注意安全。”罗金生忍不住上前对妻子嘱咐了一句。邱芳才发现，面前站着的，是十多天没见面的丈夫。她的心里涌起一阵激动，“嗯，我会的！你也要注意安全。”罗金生朝她挥挥手，就回到了自己的执勤点。

这场突如其来的疫情，把许许多多的医生和警察推向战“疫”一线，也将袁一璟的春节计划打乱。

一璟是峡江中学高二的学生。她的爸爸袁勇，是峡江县公安局治安大队副大队长；妈妈罗芳，是峡江县福民卫生院执业医师。一璟出生后，爸爸结合夫妻两个人的职业给女儿取名袁一璟。自疫情爆发，爸爸妈妈接到单位通知后都奔赴各自的岗位了。学校因防疫工作需要推迟开学，在家也不能随意外出走亲访友，一璟过着只有一个人的春节。一璟从小和爷爷、奶奶一起生活。爸爸一直在基层派出所工作，去年 10 月调到县公安局治安大队。妈妈参加工作后也一直在乡镇卫生院上班。因为爸爸妈妈工作性质的原因，一家人很少团聚，原本以为春节可以和爸爸妈妈回老家一起与爷爷、奶奶过年，现在却只能一个人待在家。

爸爸工作非常繁忙，自成立县新冠疫情防控应急指挥部，他还是县公安局与县防控应急指挥部、市公安局疫情防控办的联络员。他不仅白天忙，夜晚也是很少回家。核查、报表、摸排、巡逻、防范……一项项工作让他脱不开身。在峡江出现确诊病例后，爸爸白天核查数据、做报表，晚上又要到疫情防控卡点执勤，偶尔回趟家，接到工作电话又匆匆走了。

妈妈负责福民乡三个村委 30 多个从湖北、武汉回峡江人员的防控工作，工作强度大，风险也很高，是典型的“急难险重”任务。没有防护服和护目镜，她和驻村医生仅戴着口罩，每日里为湖北、武汉回峡人员测量体温、观测身体状况。自从回到工作岗位，就一直没回家。

一个人的春节很冷清、很孤单，每当想爸爸妈妈了，一璟会趁他们可能会闲一点的时候，通过电话或是微信语音、视频，与爸爸妈妈聊聊天。网课开始后，她也没时间和爸妈电话聊天了。她知道疫情的严重性，知道爸妈的坚守。她的心里，还隐隐为春节不回家的爸爸妈妈感到骄傲和自豪。

在遂川县公安局，有一个这样的警察家庭，父亲曾凡招和双胞胎儿子美泉、志华，还有大儿媳钟艳婷，都是公安民警。今年的春节，这一门四警齐齐上阵，在战“疫”一线奔波。曾凡招已经五十八岁了，局里本来是没有安排他去一线的，但他看到局里年轻民警在县里各社区、村镇执勤，有点忙不过来，就主动请求，来到了任务重、风险高的留观点值守。儿子、儿媳分别在交警、治安和出入境管理部门，事务的繁忙可想而知。家中四个年幼的孙子孙女由曾凡招的妻子一个人照应着。尽管累，但她也习以为常了。

宣传民警的工作是没有白天和夜晚、工作日与节假日之分的，及时和高效才是王道。我还是尽量挤出时间，在附近的居民小区做疫情防控志愿者，和社区工作人员一道，登记外来人员姓名、测量体温、发放口罩……做着这些事情的时候，我的心逐渐安定下来。疫情防控，全民都动起来了，成效也显现出来了，网络上那一串串数字，在一日一日下降，我们本地的“新冠肺炎”确诊数早就零增长了。但是零增长并不意味着零风险，有道是，坚持才能胜利。

愿罗金生和邱芳的憧憬早日成真：待到春暖花开时，我们“医警”还乡！

【作者简介】旷胡兰，现供职于江西省吉安市公安局新闻宣传中心。中国作家协会会员，中国散文学会会员，全国公安文联第三届理事会理事兼散文分会副主任，吉安市作家协会副主席。